社会万花筒之中国好故事系列丛书

缤纷人世间·精彩好故事

剪裁青春

邵宝健 著

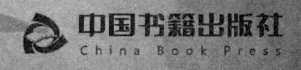

中国书籍出版社
China Book Press

图书在版编目（CIP）数据

剪裁青春 / 邵宝健著. —北京：中国书籍出版社，2016.8
ISBN 978-7-5068-5795-6

Ⅰ.①剪… Ⅱ.①邵… Ⅲ.①故事－作品集－中国－当代 Ⅳ.①I247.81

中国版本图书馆CIP数据核字（2016）第211082号

剪裁青春

邵宝健　著

丛书策划	尚东海　牛　超
责任编辑	牛　超
责任印制	孙马飞　马　芝
封面设计	越朗工作室
出版发行	中国书籍出版社
地　　址	北京市丰台区三路居路97号（邮编：100073）
电　　话	（010）52257143（总编室）　（010）52257140（发行部）
电子邮箱	eo@chinabp.com.cn
经　　销	全国新华书店
印　　刷	北京一鑫印务有限责任公司
开　　本	787毫米×1092毫米　1/32
字　　数	220千字
印　　张	7.75
版　　次	2017年1月第1版　2017年1月第1次印刷
书　　号	ISBN 978-7-5068-5795-6
定　　价	24.80元

版权所有　翻印必究

总　序

　　《社会万花筒之中国好故事系列丛书》是当代一流故事作家的精选作品集。其中，部分作家曾获"中国民间文艺山花奖·民间文学奖"（中国民间文学最高奖）和其他故事界全国性大奖；所选作品，是作者本人从《故事会》《新故事》《百花悬念故事》《上海故事》《今古传奇》等畅销故事杂志选粹而来的，并被《读者》《意林》《青年文摘》《特别关注》等杂志反复转载，还有些作品入选进中小学语文阅读教材。

　　故事是常见的文学体裁，它以叙述曲折、有趣的事件为主，强调情节的生动性和连贯性，语言通俗、活泼，较适于口头讲述，深受大众喜爱。故事以反映社会现实、映照大众心理见长，通过那些精彩、动人的故事，我们可以了解丰富多彩的大千世界，见识光怪陆离的人情百态，学习历久弥新

1

的人生智慧。

《社会万花筒之中国好故事系列丛书》所选故事作品的主要特色，一是具有超强的可读性。该丛书所选作品，大部分选粹于《故事会》等国内畅销的故事杂志，情节跌宕起伏、扣人心弦，让人欲罢不能。二是取材广泛，通过生活中偶发的、片断的事象，展现比它本身广阔得多、复杂得多的生活，在绘声绘色的叙述中让读者受到教益。三是语言风格通俗平易，适于口耳相传。故事作品往往通过通俗的语言来传递某种知识或价值取向，让读者不但乐意接受、容易接受，而且记得住、传得开。

而本丛书的上述主要特色，正是中小学素质教育中不可或缺的：

这套具有纯正中国民间"血统"、独具民族特色的故事丛书，植根于中华民族深厚的人文土壤，有益于增进青少年对国家、民族和传统文化的热爱，增进文化底蕴和艺术修养；

这套丛书内容涉及的时间跨度大——纵览古今，展现的生活领域广——横跨三百六十行，有益于青少年开阔视野、丰富阅历、辨别善恶、启迪智慧、砥砺意志，提高社会适应能力和观察分析能力；

这套丛书富含亲情、感恩、博爱、友善、求知、敢于担当、进取向上等正能量元素，崇尚优秀道德情操，弘扬人间正道，这有益于启迪青少年的人性自觉、心灵自悟和灵魂陶冶，引导其追求崇高的理想，向往和塑造健全完美的人格……

与课堂上"素质教育"不同的是,上述教益,不是通过干巴巴的说教,而是从富于知识性和哲理性的故事情节中传递出来的。对于社会生活经验不足,思想和行为可塑性强,易于被感染的青少年而言,可以在兴趣盎然的阅读中潜移默化地得到精神陶冶,进而塑造和形成正确的人生观和价值观,成长为中华民族伟大复兴的有用之才。

编 者

内容提要

　　本书是作家邵宝健的故事作品集，作者落笔视野开阔，题材丰富，风格多样。内容涉及社会写实、创业寻梦、世情探秘、市井传奇等。引人入胜的情节、峰回路转的笔触，把生活在江南小城人们的喜怒哀乐表达得淋漓尽致。作者以一种温暖的有节制的浪漫主义情怀，描绘了多彩生活中的一串社会景象，有苦涩的怀旧，也有新锐思维的激扬；在展现人物内心世界的同时，对人性、人情做了较为独到的揭示，呈现给读者朋友一幅色彩缤纷的城市心情图。

目 录

剪裁青春	1
泥墙上的花展	12
肖时川回乡记	24
"流浪画家"的奇遇	34
送花工的爱情	38
邂逅一杯好茶	42
小女孩的谋略	47
一梦千年	52
特别的请求	56
特殊的摸奖	60
民间视察	63
极品礼包	66
一念之差	69
挂在花环上的童鞋	73

宝黛招牌店简史	92
箍桶匠和他的儿子	126
谢幕前的小酌	132
滴泪的花环	136
清香一炷	140
临终的安详	145
七石缸传奇	149
寻找眠石	153
吼一声	158
亲情纪念	161
得失由天	165
幽默片警胡噜卫	168
湖畔往事	171
柴禾和他的一条缝店面	174
巧手妈妈	178
箍桶匠和他的儿子	181
红　橘	187
竹海深处的灵感	191
两个锁王	195
悲悯的雨点	200
今生她是一棵树	203
门　风	207
系红绸带的奖瓶	212

剪裁青春

乡间小裁缝的梦想　　215
声音复仇　　222
腼腆者的讲台　　226
蜡　女　　229
玩名片　　232

剪裁青春

一

江南古镇的一隅。两幢旧式楼房对峙。一条小街相隔，要是有一块三米长的跳板搭上对邻两家的楼窗，便成了可通行的天桥。

这条古老的小街，什么样的吆喝声没有？！"棕棚修哇？""破套鞋、破皮鞋补哇？""卖汤圆喽！""爆米花嘞！"……而最持久的、最动人心弦的吆喝，是来自绿衣使者——"凌小满，《人民文学》！""凌小满，《萌芽》！""凌小满，《青春》！"……

总有一个很文气的男孩——不，是小伙子了——吱嘎一声，拉开旧陋的落地窗式的门，探出被一绺黑发盖住的额头。他的脖子过分长了一点，手臂也过分长了一点，不必走出门便接收自己订阅的期刊。他是那样的稚气，肩削，眉秀，眼睛像两颗黑宝石，白皙的脸上逗留着一种近似女性的柔美和羞涩，这使得他即便是21岁的年纪，看起来仍像个大孩子。

"青春啊，青春，美丽的时光……"一个非常年轻的姑娘的歌声，飘进他家的窗口。

凌小满搁下笔，苦笑。他正在创作小说《红的花，绿的叶》，案头上的稿纸，被涂得红一片、蓝一片。

对邻是他初中时的女同学闵娜的家。小时候，那些挂鼻涕的岁月，她唤他"满哥"，他称她"娜妹"。其实他比她还晚出世两个月。用一条棉纱线拴上两只火柴盒，对窗"通电话"；一个扔进来一只苹果，一个掷过去一架纸飞机；趴在窗上，向高呼口号的游行队伍撒白纸屑，被大汉们拖下楼，挨一顿揍，还互相安慰："不哭！"初中毕业的那阵子，她扔进一个日记本，扉页上写道："祝你像江上的白帆乘风破浪。"他投过去一只精美的小匣，里面装满各式漂亮的纽扣。童年，惊慌的小雀；少年，沉默的白鸽。而现在。当他的唇边萌出一层毛茸茸的黑汗毛——是个地道的小伙子了，他便不和她来往了……

"比那彩霞还要鲜艳……"歌声又飘入耳畔。他有点受不了。用两手捂着耳朵。糟糕的是。这样一来，那个极妙的构思给捂掉了。歌声更热情了："比那宝石还要灿烂……"

他吃不消了，把窗钩、窗玻璃弄得乒乒乓乓响，把怨恨、憎恶、恼怒，也传递过去。很有效果，歌声便消失了。

二

多少天了，凌小满趴在窗下写啊，读，读啊，写。冬天，把毛毯披在身上御寒；夏天，穿上长筒雨鞋和厚厚的卡其长裤，以挡蚊虫的侵袭。

他自己也不明白是怎么和文学结下不解之缘的。高考落榜后，他便关起门来，潜心攻读中外文学名著，暗暗立下鸿鹄之志。为此，家里的人——他在外埠某厂任会计师的父亲，在镇上电器商店任营业员的母亲——对他的这种打算，实在是再满意不过了。日长月久，凌小满的小楼上就有了两只很大的书柜。在书海里，他认识了高尔基、列夫·托尔斯泰、陀思妥耶夫斯基、梅里美、罗曼·罗兰、雨果、司汤达、大仲马、莫泊桑……他记下一本本笔记本。仿效杰克·伦敦的自修办法，把妙词美句抄在纸片上，挂在窗帘上、橱柜上，床架上和门背上。

凌小满是个聪慧的孩子，有丰富的想象力，也不乏生活的感受。文学的熏陶，使他初步懂得该怎样去驾驭文学语言。他写他平淡的少年，没有梦的童年；把街弄轶事、邻居趣闻组合成一个又一个故事；他的父母、姑母、大姐、同学，都一一成了他作品中的人物原型。稿子一篇篇发出去了。可惜全部石沉大海。后来他了解到，三千字的文稿不退，复写稿不退，就一律写成三千字以上的。于是一篇篇习作退回来了。千篇一律的铅印的、客气而热情却是全无希望的退稿信。他并不失望,反而怀着更大的热情写啊,写。退稿已经盈匣满屉。福楼拜曾鼓励莫泊桑:"天才,无非是长久的忍耐,努力吧!"他觉得就像对他说似的。他所写的题材更多了,触须更敏感了……

在等待稿件回音十分烦躁的时候,他也偶尔走出那古老的小街。他做过三个月的搬运工,两个月的熬药员,一个半月卖棒冰,在食品厂任宰猪助手,只干了十天。这些劳作的收入,充分武装了他的书柜。

这是秋季里的一个黄昏。凌小满在书店逗留了片刻,毫无收获。因为他的衣袋里连一角钱也掏不出。恋恋不舍地向琳琅满目的书架告别,在街头踯躅。为秋风的凉意所感动,决心再一次向善良的母亲求助。

若有所思,蹙着眉,这意味着有深刻的思想。他就是带着这样的表情,来到他母亲的身边。他的母亲还是第一次用不信任,不满意的眼光看着她的儿子:"哪来的钱呢?"上月,她已经支付了60元钱给儿子添置书籍。

他不想力争,决定向姑母求助。姑母是个胖墩墩的退休女厨师。她为他倒了一杯白开水:"小说家,近来赚了多少稿费?"明显的揶揄混在对侄子关切的温情里。她喜欢小满,曾为这个聪明过人的侄子而自豪——碰到熟人,总忘不了夸奖他几句。小满这次来她家小坐,第一次遇到主人沏茶不放茶叶。他是非常敏感的,不寒而栗。于是,他打消了向她借钱买书的念头。他领略了受奚落的滋味,痛苦不已,发誓再也不踏进这姑妈家的门槛。

三

凌小满走回那条古老的小街，一头扎在床上，怔怔望着天花板，叹了一口气。众人对这个奋斗了两年却毫无收获的大孩子失望了。父亲写信来劝他就业，母亲甚至唠叨着，不能长期白白供养他。小街上的顽童痴笑他为"书呆子"，旧日的同学视他为"怪物"，有个亲戚还怀疑他患上了精神病。只有对楼那位似乎有点浮躁的闵娜姑娘依然如故——只要发现他也在楼上，就唱起颤抖的歌。

门外有人喊："凌小满，信！"

凌小满爬起来，跂着鞋，嘭笃嘭笃走下楼。一封厚厚的印有杂志社红字的信套。他的手在颤抖。根据经验，信件越厚，希望越小。

他拆开信套。小说《红的花，绿的叶》的退稿。他不免长叹。可是当他一展开稿纸，却飘出一张不同往昔的纸笺，心口不由得一热。

那是一位未署名的编辑老师的漂亮手笔：

……你的习作，文字不错。但人物形象苍白。从你的多次来稿中，可以看出，你的生活底子浅薄，缺乏对生活进行艺术剪裁的能力……

剪裁！两字下面还注了着重号。他急匆匆去查阅词典，不甚了了。

四

黄昏是难熬的,他在小街上踯躅。一张布告吸引了他的视线。是招收裁剪训练班学员的通知。嘿嘿!裁剪——剪裁,两字之颠倒。有意思。他遐想开了,这两个词组保不定会有什么巧妙的内涵联系,与其这样身无分文地守株待兔,还不如先学点手艺再说。他身不由己地踱到出示这张通知的办公室,报了名。

又是一个烦躁的晌午。凌小满由于和母亲发生了口角,赌气不吃午饭。重看杰克·伦敦的《马丁·伊登》,第五遍了。他为马丁的自修精神和不屈不挠的奋斗所折服,更期待有一天像马丁一样:好运像太阳一样升起来。

"凌小满,信!"绿衣使者再次莅临。

他瞥见邮递员手里持的是一封薄薄的信。他顿时热血沸腾,心跳加快,手颤抖。他的脑子里即刻像过电影似的,记起仍在外做长途旅行的六篇小说稿。不知是哪一篇的运气!

凌小满拆开信。是一份录取通知书——与小说毫不相干。他将成为第九期裁剪训练班学员,为期一个月。他差一点晕了过去……

五

秋光明丽。凌小满终于走出他的书房,第一次坐在镇工会的小会议厅里。黑板上，九个彩色隶体字：裁剪艺术和艺术裁剪。一位十分年轻俏丽的姑娘走上讲台。他甚感震惊：她就是对邻的闵娜。使他更为惊诧的是，闵娜居然是主讲老师。这个昔日爱哭鼻子、头发发黄的丑小鸭，什么时候竟出落得这般俏丽和艳美？她能讲个啥，一个初中生，这不是笑话？他的心火辣辣的。

闵娜穿了件裁剪得体的玫瑰红西装，咖啡色直筒裤，高跟皮鞋，显得亭亭玉立，楚楚动人。座无虚席。她的脸红扑扑的，抿嘴一笑："同学们，生活是美的，花是美的，爱美之心人人皆有……老百姓的生活水平在提高，服装剪裁是很有意义的……"

寂静。凌小满愣住了，她是从何处学来的，那一流的诗一般的语言？

闵娜克服了腼腆，视线离开讲稿，口若悬河："人的体型，有高有矮有胖有瘦。俗话说，'量体裁衣'，量体是裁制服装的第一道工序。量体的正确与否，直接关系到裁剪质量……"

突然，她的视线遇上了听众席里的凌小满，她的话打起顿来。不过只是一瞬间，她又恢复了常态。

闵娜初中毕业后，顶了爸爸的职，在服装厂做裁剪工。她的勤学苦练，技术进步很快。四年后，她就成了这古镇上第一流的裁剪师傅。不知从什么时候起，她偷偷爱上了小满。只是秘密地藏在心里。当她知道小满想当作家，更是暗暗高兴。她真想和他谈谈，又下不了决心。都长成大孩子了，同时长大的还有矜持和羞涩。她常在楼上唱歌，意在让他搁笔休息一下。她相信他能成功的。

下课了，闵娜发现凌小满："满哥，你也来学裁剪？"她还是用孩提时代的昵称。

凌小满刚要接上话，一群学员簇拥着她，一个问题接着一个问题向她投掷。她含笑，娓娓而谈。他被冷落了，他的心，泛起一阵惆怅的涟漪。

真是鬼使神差，凌小满居然天天到课，甚至从不迟到。还是她的脆生生的声音："男上装一般只测量衣长、胸围、肩阔、袖长、领围等五个部位；女上装除测量这五个部位外，尚需加量臀围和袖口……"

男学员们都哈哈哄笑起来。凌小满心里只有苦笑。在一片哄笑声中，闵娜不动声色地坚强地站立着，凝视着，像一尊雕像。这个印象，使他久久难忘。

他开始研究发下来的裁剪讲义。他常备在身的记录美的印象的笔记本，都记满了什么基本线、轮廓线、等分线、连折线、省、归拢、拨宽等符号；在专记妙语的小本本里，记下了顺、劈势、翘势、凹势、困势等术语的解释……

"这条线画错了，满哥。"闵娜在学员画线作业时，对凌小满的检查特别严格，而她的温柔、湿润的眼眸却含着笑。

小街的夜晚。两个长长的身影。

"满哥，难道你要写裁剪师傅的小说？"

"唉，说来话长……"

几年来，闵娜和凌小满还是第一次单独在一起。当她听了他关于那封退稿信的倾诉，忍不住朗笑起来。

他沉默不语。她敛住笑，黑暗中去拉他的手，抚摸着："满哥，你可千万不能泄气啊。"

"娜妹，你不知道……"他缩回手。他想说，楼阁上的生活是多么难熬；他想说，那些遥远的等待是多么焦灼；他想说，遭受冷落和鄙夷是多么痛苦。可是一张嘴，就顿觉得语汇贫乏，串连不成话。

六

凌小满向母亲要钱。当他母亲知道儿子的心思，绷紧的脸松弛了，堆满笑："好，好。"这样，凌小满的小天地里，添了蜜蜂牌缝纫机，电熨斗，各式剪刀。书架上，摊着裁剪讲义、《时装》《生活之友》，而窗帘、床头、门背上贴满写有裁剪"要领""须知"的小纸片。

裁剪，燃起了这个大孩子潜伏的兴趣——求学时，他的几何成绩特佳，画图也颇有根基。他完全被这一新的劳作迷住了。

闵娜又在楼上唱："青春啊，青春……"

他开始幻想：如果用一块三米长的跳板，便可在两楼之间搭起鹊桥。

可是，有一天，那歌声消失了。闵娜一家迁居了——搬到南园新村，离这小街很远很远的地方去了。

凌小满终于在母亲的怂恿下，搭上轮船，去上海大舅家做客——大舅是个西装裁剪师。三个月过去了，春来了，凌小满重返小街。他投递出的稿子，如黄昏的羊群，差不多全进"圈"安眠了。

不久，他在家门口挂起了编号为03028的个体营业执照。

凌小满取费低廉，制作时间快，讲信用，质量好。他一下子变成了古镇上颇有名气的人物。这阵穿西装成热门，他的小店几天工夫便门庭若市。婀娜的姑娘，英俊的小伙，天真的儿童，踽踽的老人，纷沓而至。他的两只书橱，慢慢地被顾客的衣料和成品摆满，起了质的变化，有了实实在在的内容。而他的书籍和手稿，则被打成大包小包，逐渐迁址到小楼的搁板上。

母亲的絮语，爸爸的教训，邻居的嘲弄，亲戚的揶揄，街坊同学的防范，全消失了。凌小满又变成了一个好孩子。亲友们纷纷请他赴家宴，那个胖姑母又逢人便夸："喏，我的侄子小满，从小就是个聪明的孩子……"

七

初秋又一个爽朗的黄昏。凌小满正低着头忙于裁剪。一片片布角在他的剪刀下奄落着。

小街上有人喊："凌小满！"他探头朝街面一看，是闵娜。他俩已经有多少天没见面，说不清楚了，反正她呢，自从迁居后，去长春一趟，去沧州一趟，全是和发展服装经营的事有关的。多日不见，反而说不出话来。

剪裁青春

她静静地打量他。他的脸似作了润色,光溜溜的,思纹消失了,唇边蓄起小胡子,耳边夹着一支带嘴的香烟。衣饰考究,西装革履。室内的摆设也大有变化,电视机、录音机、落地电扇、落地台灯,应有尽有。

"满哥,你最近写了什么小说?"她终于问出声来。

凌小满嘴一努:"这,嗨!不搞了,那劳什子,我不是那块料。"

闵娜惘然了:"你……?"

"我每月能挣千把块钱。"他踌躇满志地搓搓手,"生意做不完呐……"

她的眼睛热辣辣的,噙着泪:"都看了些什么书……"

"真是的,我不缺钱,我也没时间看书。"黄色的软尺披在他的肩上,一晃一晃的。

闵娜说不出话来,一股酸楚的遗憾的滋味,涌上心头。

凌小满瞄了瞄她,很有点怜悯的口吻:"你,还是个四级工吧,唉……"

她把随身带来的一本杂志留在案板上,默默地下了楼。当她走出这条小街的时候,回头投过去幽怨的泪汪汪的一瞥。

是忙中偷闲吧,有一天,凌小满偶尔翻起闵娜留给他的那本杂志,视线颤抖了。一篇题为《剪裁青春》的短篇小说,作者署名:凌小满。篇末还附有该杂志编辑部查询作者通讯地址的启事。

他双手捂住脸。他想起来了,自己是曾写过这么一篇东西。大颗的泪滴从指缝流出来……

社会万花筒之中国好故事系列丛书

泥墙上的花展

一

有一次，郁郁寡欢的单身汉倪雪坤，三天不露面，把邻居们唬得就要动手破门而入探个究竟的时候，他突然步履蹒跚地走来了。撑着一支小竹竿，捎着一只鼓鼓囊囊的大麻袋，浑身灰蓬蓬的，裤腿上被什么勾破了几个口子，断丝挂絮。这模样，简直像个舞台上的流浪汉。他冷峻地朝关心他的邻居们瞪瞪眼睛，算是招呼。钥匙磕磕碰碰地插入房门锁眼，吱嘎一声，门开了；人闪了进去，砰地一声，门又关紧了。

他委实太累了，瘫软在座椅上不想动弹。

这几天，倪雪坤为了寻找他满意的野生花卉，爬遍了离城四十多里路的云巢山。夜里就在山上的庙里借宿。收获真是不小。在悬崖的岩缝里，他挖出了一棵未曾抽芽的植身结满疙瘩的杜鹃；在半山腰的小涧旁，掘得一株独节头上长有十几枝高低不等的枝丫的南天竹，还有别的一些桩头和花卉。他喜欢这种顽强的疙里疙瘩的然而又是千姿百态的树桩。按照他的观点，这些树桩，可以使人想象出大自然的暴雨风雪、兽侵虫害和石头沉重的压力，这多少带有点自喻成分。

少顷，他又忙碌起来。当他把麻袋里的树根、花草、植株，移到那个用泥墙围成的后园的时候，情不自禁地咂咂嘴，扇形似的笑纹，从眼角散到颧骨部分，又消失在浓密的胡须里。

一个月以后，经过他精心的栽培，这些花卉都萌出新芽。他欣喜得不得了，似乎得到了什么崭新的启示，便陆续又购置了一些名贵的花卉。他一度荒废的园子，重新有了绚丽的色彩和芬芳的气息。

业余花匠倪雪坤又开始在工作之暇，尽情地几乎是盲目而麻木地种起花来。奇怪的是，他不结交花友，也不邀请谁来观赏。他已经习惯了独自一个人，种花赏花，打发平淡无奇的日子。

二

这是花的天地。

花盆一律摆在泥墙下台阶式的花台上。紫罗兰、茉莉、丁香、菊、兰、玫瑰、一串红、一支黄、紫薇、雀梅，应有尽有。

初夏里的一天,倪雪坤早早起床,把园里的花盆互换了位置。一抬头,愣住了。后园那条小河的对岸,什么时候起,居然耸立了一幢新楼。

洒水壶的水柱倾出盆外。

他看见那幢新楼的第三层阳台上,站着一个人。

是个女人。

是个年轻的姑娘。

她依傍着栏杆,手撑在栏面上,脚微微踮起,晨风轻拂着她那瀑布似的秀发。

翌晨,倪雪坤在修剪花枝时,又发现了那个姑娘。同样的位置,同样的姿态,同样的若似企盼的神色。

当第三天,他又发现那个姑娘的时候,他才思考她在那儿干什么。无疑的,她是在欣赏他的花卉,由于角度有问题,妨碍了她的视线,为了寻找最佳角度,她才使自己的俯视变成一种生气勃勃的动态。

明白了这一点,并不使他感到震惊。

他有学问,但不属于知识分子范畴;有力气,但不是体力劳动者。他是一个普通的矿山公司里的普通资料员,做什么事情都一丝不苟,一丝不苟到有点拘谨的程度。似乎是那一连串一连串的数字和盈篋满屉的各式资料耗尽了他的热情和活力。邻居熟悉他那踽踽的孤影,他却不熟悉生活的笑。那弯泥墙围住了他种的花卉,也框住了他工余后所有的希冀。一到天亮,他就忙碌起来:浇水,施肥,捉虫,修枝,整形。那种旁若无人的忙碌,使他的额头冒出汗珠,眼眸熠熠发亮。手姿灵巧，步履轻捷，有一种小伙子般的矫健重现在他的身上。

说到底，这个年逾四十的单身汉，和花是有缘分的。他的父亲，就曾经是个养花的行家里手；母亲擅长绣花；外祖母姓"花"；甚至他自己在没有正式职业之前，还干过"爆米花"的行当，当然这种用岁月的烟火爆出的白色米花，是入不了花谱的。

只是到了晚上，他的神情便沮丧了。一杯茶，一支烟。没有夜访者。谁也没有这样的荣幸，和他侃侃而谈半点钟。他似乎抱定了独身主义，对女同胞一概敬而远之。

一天天过去了。他每天大清早走进园子，一抬头，总会看见那位姑娘，他的花卉有人在观赏。这是姑娘的一双明眸。这么持久，这么专一，这么虔诚，这使他产生了一种不可抗拒的心的撼动。

一个细雨蒙蒙的黎明，他又看见她候在那里。雨水湿了她的头发和衣裳，她仍在那里踮呀踮呀踮。这种动态在银色的雨丝里添了一份悲凉的色彩，像盼企，更像祈求，使他怦然心动，以至眼角也湿润起来。这情景勾起了他雨中的回忆。记得很多年以前，一次，他出门有些时日，因交通受阻，归期被拖延了。也是个雨天，他回来了，一撞进家门，未看见母亲，往里走，才发现母亲正站在园中，任雨飘淋，不时踮起脚，祈望孩儿能安然无恙地归返。当时，他深为母爱所感动，抱着母亲瘦削的肩胛竟呜咽起来。

倪雪坤本来就富有恻隐之心，只是冷酷的遭遇才使他的外貌习惯于一种冷酷的表情。此刻,他那颧骨很峭、呆板的缺乏温情的脸上,执着的纹路柔和起来。他在想,该用一个什么办法,才能让阳台上的姑娘观赏花卉的时候,不必那么踮呀踮呀踮,苦恼又一次在他的那颗近乎麻木的心上滋生。

三

阳台。

早晨。空气润湿、清新而甜爽。从阳台上望去。小河。小街。蔚蓝的天穹。云彩。飞鸟。远处山的印痕。老式住宅的鳞次栉比的屋脊。袅袅升上天际的炊烟。每一个视角都是一幅湿润的江南水彩画。

她,殷玉媛,21岁,青春年华。省城一家大型地质机械厂的青年钳工,一个饱经风霜的大家庭的掌上明珠。她在夏日,喜欢穿自裁的连衣裙,露出修长雪白的腿肚;冬日,她喜欢穿自编的绒线衫,挺起微耸的健美的胸脯。溜冰、舞蹈和歌唱,无不属于她的钟爱之列。在有数百个女性的机械厂,她是个出类拔萃的姑娘,身段苗条,脸庞俏丽,舞步潇洒,歌音柔美。走在路上,时时会感应到人们对她的回顾和观望。不止一次地收到小伙子们热烈而唐突的爱的信息。她好像生下来就是为了品尝生命的美酒和畅饮幸福的琼浆似的。

可是,一个月前,她突然瘫软在钳台旁,再也没有能站起来。她得了一种叫腰椎神经麻痹症的病,半身不遂,失却了百灵的歌和花一般的舞姿,失却的还有笑!她被送到舅父家来治病，整天不是哀叹就是默然啜泣。她把亲人们对她的疼爱和抚慰，当作是对她痛苦的青春的无可奈何的精神赔偿。她虽然不清楚天意为何物，却有点相信天意，对骤来的沉重打击，感到身不能支，招架不住了。她不愿意回想过去，更不愿意向往明天，只是一个月的工夫，这个娇嫩的姑娘就习惯了一个人悄悄地咬嚼绝望的滋味。

有一天，她接受了针灸治疗。大夫嘱她要配合肢体锻炼。于是她每天几乎是爬一般地移挪到阳台上，撑手臂，挺腰板，脚却落不得地。痛苦不堪言。每次都几乎无法忍受。她真想有一天，阳台突然坠落，好把她的痛苦连同青春一起坠落于地……

突然，她在俯视的一瞬，发现了一个极有趣味而又奇怪得很的现象：小河对面的泥墙上，置着一盆花。纤细的干茎，两旁披针形的翠叶，纯白的喇叭状的花朵，中间伸出细长的花柱，柱头上是一点嫩黄色的花药，宛如一个亭亭玉立的白衣少女，纯洁、矜持而又俏丽。

她苍白的脸上，纹路在皱动。这就对了。她有了回忆。不是有过这么一天吗，她穿着藕白色的连衣裙，婷立在舞台上，就像这株白花一样，纯洁、矜持而俏丽。她唱了一支又一支的歌，台下回响起一阵又一阵雷鸣般的掌声。她的眼眶湿润了。为了看得更确切一点，她拉紧栏杆，力图改变视线角度。可是不行，她的下肢无力，背脊上的难以言状的痛楚向全身扩散，汗珠从她秀丽而苍白的额头上冒出来。

第二天，她又看到了墙头上的奇景。并且，她很快辨认出来，这盆花和昨天的品种不同。这是一朵紫色的花瓣沿呈锯齿状的球形花，伫立在密密匝匝的细叶丛间，在微风的吹拂下跃然起舞，酷似一位浓妆淡抹的女舞蹈家的倩影。

这使殷玉媛又有了一个幸福的回忆……

四

苦恼排除了。办法很巧妙：把花盆移置到墙顶上去。倪雪坤为自己能想出这个办法非常得意。

今天，他摆上一盆白兰花，明天换上麻叶海棠。鹅黄的香水月季，花朵成片的夏鹃，开小黄花的潇洒的雀梅，形似蝴蝶的三色槿，秀巧的小叶迎春，都一一被置上墙顶。只要是盛开着的，都被他选中。那古老的壁面斑驳的泥墙顶上，天天有美丽的色彩，奇妙的植形，优雅的花姿，堪称墙头上的花展。这个已经习惯了孤独的单身汉，他的内心深处，仍然不失希冀别人能赏识他的"作品"的渴望。只不过，他把这种渴望掩盖起来，就像缓缓流淌的河面掩盖着河底的潜流一样。

有了心的回应。

有一天，他仔细地朝阳台那边端详，发现她在朝他微笑。不过他又发觉，她的手撑在栏杆上，那双脚仍然在朝上踮。这是怎么回事呢？难道说，她还够不到可以怡然观赏的高度？这使他又忧郁起来。于是，他在墙顶置花盆的地方添加几层砖。这样，置花的时候，他得用两只骨牌凳叠起来，登上去，才够得到砖头的位置。

剪裁青春

　　他天天登上那个高度，风雨无阻；她天天出现在阳台上，从不迟误。有一天，他欣喜地发现，她的脚不再踮起，神情是那么自然，那么欢愉，目光抚慰地向下观赏。他甚至还分明听到，夜里，会飘来歌声，那种很年轻的姑娘才会唱得出的脆灵灵的歌，是从那个阳台发出的。他以为，自己的春天完了，美丽的夏天也永远消逝了，没有一点痕迹。他还以为，他除了醉心于花卉，不再有别的感受欢愉的能力。看来，现实生活不完全是这样。那春天，那夏天，没有结束，仿佛刚刚开始。

　　一天，正当他把一盆一串红置在墙顶的砖上，感觉到脚下的凳子晃悠了一下。他跌落下来，发出一阵沉重的声音。他趴在地上，一只骨牌凳压在他的臀部上。他没有哼一声，爬起来，掸掸粘在衣上的尘土，嘴边留着苦笑，赶去上班。只是到了晚上，当他躺在床上，他才低声地哼哼唧唧起来。他的膝盖和手肘上，出现了微肿的紫块。他辗转难眠。他痛苦啊，不完全是肉身的痛苦……

五

　　倪雪坤有过花一样的青春。那时，这个矿山公司的小资料员，耿直，憨厚；血气方刚，却又爱花如命。他的园子，曾经是另一番的繁花似锦。总有几个年轻的同事，不时前来观赏，发表一通花一般的议论。与此同时，他和一位花容月貌的特别爱花的姑娘相爱了。花蜜一般的初恋……

骤来的风雨，把一切都改变了。

一家人苦心经营的满园的花卉毁于一旦；老花匠抛下妻儿，跳入巷角那口古井里；母亲身心交瘁，一蹶不振，不久便长辞人世，只剩下他一个人和命运抗争。

这一天，倪雪坤被勒令站在两只重叠起来的骨牌凳上，脖颈上挂着用绳索串连起来的两只大花盆。

这个小人物被示众的全部缘由：是把一盆万年青供在双亲的遗像前。

尖刻的发疯般的叱责，一声高过一声。他不愿低下头。他站着，像杂技演员一样，力求保持身体的平衡，保持尊严的平衡。可是他纵有青春的体魄和不屈的韧劲，却不免有点颤动，不是怯怕，而是愤懑。那些呼出惊天动地的口号的雄辩家，居然有好几位是常来他家的赏花客！终于，凳子晃悠起来，他沉重地跌落下来，花盆摔得粉碎；一片瓦尖，划破了他的下颏，鲜血直流。

他被赶到采石场去抡铁锤。沉重的劳动，使他喘不过气来。不过，他很快爱上了这个采石场。铁锤、钢钎、悬在岭壁的绳索，给他勇气和力量；而那漫山遍野的开不败的山花，给了他无限的慰藉。那年春天，他采集了一大束鲜丽的野花，去看望那位爱他的却长久没有音讯的姑娘。她非常冷漠，脸色就像石头。当他辞别的时候，他看见一个戴红袖章的潇洒男子来造访她，他送的那束山花被她扔出窗口。

从此，笑从他的脸上消失了。他的园子荒芜不堪。可是地上的草仍在萌生，还会开出米一般小的花。他可是明显地过早地衰老了,仅仅步入中年,步履倒有点儿踉踉跄跄了……

他踱步走到小园里来了。满园是沁人心脾的花香。花香,是花对他心灵的抚摸,他感到无限的欣慰。天上没有星星,也没有月亮。他不是凭眼,而是凭心,琢磨那儿是哪种花。他站在凉丝丝的园中并不想急于回屋。对面那幢楼房,像山峦,黑洞洞的,又像一艘海轮的剪影。他不知为什么,明知不会看到什么,又偏偏把目光投掷过去。那个阳台,不能辨认,旁侧的窗玻璃却映着灯光。窗幔把一切都遮掩了。少顷,他便感到自己在这样的黑夜朝这样的前方瞭望,有点可笑。他回屋了,又点燃一支烟,刚吸一口,就吭哧吭哧地咳嗽起来。他着了凉,后半夜就一直没睡安稳。

六

第二天,他身上的疼还未消退,又去叠那两只凳子。他开始注意置设时的稳度和登攀时的力度。如果说,倪雪坤以往种花带有盲目的体验和麻木的心理,那么现在,他是有目标的——怀着等待的焦灼和与人相见的喜悦。

这位业余花匠回家的时候,步履开始轻快。他的小屋有了变化。灰尘被擦去了,烟蒂被清除了,地上变得光洁,玻璃窗变得明亮。而他的同事们突然发现他刮光胡子后,原来还有这样一个漂亮的年轻的下颏,颏上的那条伤痕倒使他添了几分悍勇气质。他讲究起衣着来,眼睛也变得清亮。路上相遇的熟人,他居然也主动打起招呼来。

天渐渐冷了。

夜晚,有些花卉要捧进屋子里来。屋子里有炉子、热水瓶、暖杯、电灯,以及棉质的东西;有窗,有门,能抵挡风寒。

假日里,他在一家旧货商店逗留片刻后,买回一台电唱机和一叠唱片。他兴冲冲地回到自己的家。唱片在旋转着,一支关于春天、夏天、花朵和泉水的歌。优美的委婉的旋律在四壁回荡。他笑了。

他仍然一清早就把一盆鲜花置在墙顶上。

这一天,倪雪坤把那盆取名"豆蔻年华"的黄色月季,捧上墙顶,一仰首,却不曾见到她。不知为什么,他痴痴地待在小园很久很久,还是不见她露面。他上班第一次迟到了。

第二天,第三天,他仍然不见看花姑娘的倩影。他还是一盆换一盆地等待着她再次露面。

唱片蒙上了灰尘。他一支接一支地抽起烟来。他尝到了一种比孤独还要痛苦得多的不能言状的怅惘。她怎么啦?一切都不是那么容易想象的。细想起来,他这一生中还没有这样惦念过谁。

外面的风很凛冽,该拿进屋的花卉,全部搬进了屋,占了整个空间的一半位置。

屋外飘着雪花。

冬夜,圣洁、静谧……

七

　　春又来了。倪雪坤依然在工作之余全心扑在花卉上。好像这世间只有这些花卉才值得他爱怜，这些花卉也似乎为了回酬他的厚爱，开得特别灿烂和绚丽。

　　一天，一位窈窕少女的步履，在倪雪坤的住宅门前停下。她的模样极像曾在阳台上出现过的看花姑娘。

　　门叩响了……

肖时川回乡记

仲春。黄昏。小火轮的长跳板搭上江南的一个古老城镇的码头。

肖时川踏上故乡的土地。当他敲开矮墙旁有棵枝粗叶茂的石榴树的旧宅大门时,他显得心事重重,踌躇不前。

白发苍苍的肖妈妈迈着细碎的步履,泪水汪汪:"孩儿,你回来啦!"

"嗯。"肖时川从鼻孔里发出应诺,不再吭气。

佳肴醇酒,喷香米饭,还有慈母的宽慰,都没有使游子脸上的皱纹变得柔和些,只是当他从衣兜里摸出一只大烟斗,撮上烟丝的时候,他眯起眼,微笑了。

火柴梗摩擦后,点燃了,也点燃了烟斗里的烟丝。顿时烟雾缭绕。肖妈妈被熏得咳嗽不停,退到卧室。

是受了某本书的陶冶,抑或是摹拟某位名人,还是做某种戏剧性的尝试?那就说不清了。反正他有这么一只特大的

剪裁青春

短柄烟斗,随着间或发出的滋滋声,烟雾从他略大的鼻孔和焦黄的牙齿缝隙喷出,一圈圈,一股股。他的视线模糊了,他满是胡子的脸也模糊了。虽然狭窄却十分洁净的餐间,充满了难于消散的辛辣的烟雾。

这些年来他还是第一次行使探亲假回故里小憩。别人有过的,他也有过;别人没有过的,他不曾奢望。现在,他什么都没有。四十二三岁的男子汉,没有妻室,孑然一身。家,只有记忆里的甜蜜和温馨,而后留给他的都是辛酸和苦涩……他曾有过一个家,那是他结束大学生活的头一年,在慈母的主持下,和一个从小在他家长大的姑娘结了婚。没有爱情,共同生活了半年,就既不痛苦又无解脱之愉悦地分开了;后来,他自己中意了一个女人,结合了,起初很是和谐,骤来的风雨又把那种温馨的关系冲散了——文革期间,他的妻子在他处于受斗挨批的劣境的那一刻。带着未知世事的小女儿离弃了他。春天来到的时候,他狂欢过。喝了过多的酒,醉了;酒醒后,他就带着淡淡的笑,留着稠密的胡须,手持着大烟斗,吞云吐雾,观望着一切。在他单位里,很少有人记得起他是50年代末名牌大学的毕业生。上级多次征求他对胜任何种工作的意见,他照例吐着浓浓的烟,没有态度。近年来,他的工作范围是,接受了一个比他年轻十五岁的同事的协助,管理工厂的基建,工作得不紧不慢,既无受表彰之幸,亦无挨处罚之祸。一到晚上,他就把自己关在单身宿舍里,手持大烟斗抽着烟,随着烟雾追溯着,一个小时,两个小时……

他决定睡在小阁楼上,那是他孩提时温习功课和就寝的地方。使用了起码有二十年的小竹梯晃悠起来——他上楼了。

他换了一斗烟。他的感情变得脆弱、思想变得敏感，心里充满了少年时代的温情。那股温情使他惦念起故乡的一些同学好友。他寻思着，拔出钢笔，在纸上列出一长串名单。少顷，那只小竹梯又晃悠起来——他下阁楼了。

"妈，我出去串串门。"肖时川望着窗外的新月，摸了摸满脸的胡子。

"早点回来。"老母亲的叮咛里掺着啜泣。

出于对线路的抉择，肖时川先拜访了一位在机械厂当钳工的小学同学阿强。没有访友不值的遗憾。不敢认，惊叹，然后是互问长短。热烈的谈话持续三分钟。

肖时川点燃烟斗："老同学，我给你猜个谜。一样东西，小时候用四只脚走路，长大了用两只脚走路，老了用三只脚走路，那是什么东西？"他吐出一口烟，盯着对方的脸。

"有意思，很有意思。不过请你等一等。"阿强的嘴角挂着神秘的笑，留下上好的糖、糕、茶，踅身到内室，良久不出来。

肖时川早就期待着向友人作一次关于人、人生的感叹。他把自己比作断了弦的琴，落了帆的船。他有的是沉重的痛苦和懊恼，却没有自尊和自爱的振作。他枉自嗟叹，却得不到从心灵的山谷传来的回音，不免又陷入深深的苦思中。不过，此刻他很快有了新心绪。

烟雾缭绕。音乐。他微笑了。难忘啊，少年！他曾是母校乐队的小指挥，歌喉又好，梦想过长大当个音乐家。现在呢，只有眼前的那股白烟。铿锵的钢琴旋律在四壁回鸣，撞耳扑心。他脸上的皱纹颤动起来。

鸣响戛然而止。主人走出内室，递给他一张曲谱："谢谢川兄，你是我新曲的第一位听众，请提宝贵意见。"阿强是个业余作曲家，刚才演奏的是他新近创作的一首四二拍的抒情歌曲。

他颇感突兀，局促起来，吐出一口烟："我？我能说什么呢？自然是好歌，抱歉，抱歉。"

十分钟后，他安然地坐在格局迥然不同的一间书房里。主人是他初中时的好友阿宁。当年，阿宁没考上高中，发愤自学，钻研分析化学，居然在24岁上初露头角，被师范学校破格聘为化学教员，年前出版社还出版了他编著的《化学分析手册》。同样是不敢认，惊叹，互问长短。

肖时川点燃烟斗："老同学，我给你猜个谜。一样东西，小时候用四只脚走路，长大了用两只脚走路，老了用三只脚走路，那是什么东西？"他等待着老同学的反应。

"哦？哈哈！要动脑筋，动脑筋。"阿宁狡黠地眨眨眼睛，将岳母刚捎来的桐庐山核桃倒满一桌："吃！我在搞一项实验，你不愿意指教、指教吗？你可是正宗科班出身呐！"

"岂敢、岂敢。"肖时川的神情有站起来的犹豫，却没有动身子。

阿宁在家庭实验室里摆弄起烧杯、滴定管。五光十色。

玻璃器皿轻微碰撞的声音。

烟雾冉冉上升。波光水影。肖时川微笑了。难忘啊，那个初中时代！他的化学成绩在同年级里一直名列前茅。按照化学老师的估计，这个智商很高的孩子在化学方面是个苗子，能有出息。也是听从老师的劝告，之后他报考大学时，选择了化学专业，成了名牌大学化学系的高材生。现在呢，只有眼前的那股白烟。他脸上的皱纹又颤动起来。

突然，他的眼睛一亮，书桌前的板壁上贴着一张纸条，八个字："闲谈不超过十分钟。"他的脸顿时臊热起来。正当他准备不辞而别时，阿宁赶了出来"川兄，别走，咱们再聊聊。"很有点歉疚的口吻。

肖时川的目光朝板壁投去。阿宁热情挽留："今天例外！"

"下次见！"他还是走了。

第三位、第四位，扑了空，不是被告知此人外出，就是此人正在单位里忙于事务。在曲曲弯弯的弄堂里，他不曾让手里的烟斗闲着。

夜的湿度渐渐增大。星星闪烁。他的脚步开始踉跄。

化工厂的跛脚工程师阿里热情地接待了他，惊叹的拥抱是三分钟以前的事。阿里工程师是他高中时的同学。阿里由于患了肺结核，便辍学了。主人年纪比他小，看上去却比他还显苍老——满头白发、背驼、脚瘸。

肖时川点燃烟斗："老同学，你猜猜。一样东西，小时候用四只脚……两只脚走路……三只脚走路，那是什么东西？"

"什么？走路？嘿，告诉你吧，我三十那年走，用一只脚走路。"阿里的眼皮一挑，举起右手往下一劈。主人抛出一个谜，把客人的谜掸了回去。

肖时川木然端坐。

肖时川拆开一包牡丹香烟，递给客人一支："抱歉。"就伏在桌案上没有掉过头来。哗哗地翻阅图纸，灵巧地点弄袖珍电子计算器。

烟雾缭绕。一叠图纸变低了，另一处又见图纸叠了起来。肖时川微笑了。难忘的理想啊！他曾经有过一个使自己成为最佳工程师的五年计划，也曾努力践行。现在，只有眼前的那股白烟。他脸上的皱纹再次颤动起来。

不知过了多久，阿里抬手看表，惊叫起来："都九点钟了，川兄，你一定饿了，我给你搞点夜宵。我妻子经常到外地出差，这阵子在上海，呵，不啰嗦了，我们自己动手。"

噗地一声，煤气灶点着了。蓝蓝的火焰。锅里有菜。杯里有酒。

肖时川呷了一口酒，眼睛直勾勾地望着工程师阿里："阿里兄，你的腿？"

"嗬，说来话长，还是别提它。"主人话题一转，眼神有点腼腆起来，"川兄，不瞒你说，我搞了点小意思，居然被评上省科研项目一等奖。你在校是高材生，想必颇有……"

是酒，还是别的什么作用，肖时川的脸涨得绯红。他举起酒杯，又放下："我、我有点醉了。"

主人显得很惊讶："这怎么叫人相信，我知道你过去是很会喝酒的嘛。"

从阿里家出来，起风了。肖时川经过寂静的十字街口。突然，前面喧嚷起来。电影院散场了。墙角有一对青年男女在接吻——那是一张电影海报。他的眼光盘桓着，装上一斗烟。擦亮火柴。

身后响起高跟鞋叩击地面的声音。他回过头。

一位颇有风度的女人发出熟悉又陌生的惊叹："噢，你？你？你不就是阿川……"

他的眼睛一亮，用手掸了掸眼前的烟雾："你？你……啊哟，是阿黛！"

邂逅。脸一红。阿黛是市话剧团的编剧。他的那个大学的中文系同学。他和她是在学校的周末晚会上相识的。当年，他似乎喜欢她，她也曾向他暗示过爱意。因为她父亲是个右派，他就下不了和她确定关系的决心；毕业后两人天各一方，也就没有再联系。

"什么时候回故乡的？到我家坐坐吧，就在前面，路不远。"女编剧的素手朝前一指，她依然那么漂亮、洒脱。

书籍。方格稿。雀巢咖啡。橘黄色的灯光。她理了理秀丽的卷发，关切地问："你在那个厂里还好吧？"

"我……"他嘟哝起来，羞愧反而使他红光满面，"你猜，一样东西，小时候……长大了……老了……那是什么东西？"

剪裁青春

阿黛怔住了,不过很快就醒悟过来。她双手支在腰侧:"喔喔,你研究起希腊神话来了。你是斯芬克斯,我可不想做奥狄波斯,让你化成一尊石像,多可惜。"

肖时川停止了吞云吐雾活动,端坐着,一动不动。

她莞尔一笑:"我最近写了一个话剧,是反映中年知识分子精神生活的,批评意见真不少,我有点不服气。我那个主角啊……哎,我念一段,你给评一评。"

肖时川仍旧端坐不动,仿佛真的变成一尊石像。他微闭着眼睛,却非常用心地听着阿黛的朗读。烟雾缭绕。朗朗的书声。他脸上的皱纹呈现出他平素没有过的形态,仿佛有一种力量在召唤他。

女编剧放下手稿,深情地望着他:"阿川啊,你母亲曾和我谈起你的情况,你还只有四十五岁,你不应该依靠'手杖'走路,你还能奔跑,还有希望有所作为,阿川!"

肖时川抬头:"你说什么,我,我还能奔跑?"

阿黛凝视他:"为什么不能?!"

他走了,夜,静悄悄,时而有小火轮的汽笛鸣叫。他的脚步迈得又阔又快。久久萦绕在他心中的那种惶惑、惆怅和惘然若失的苦思,似乎被他那变得年轻的脚步震得松散了,渐渐消遁了。他抬头仰望苍穹。故乡新月似钩,光辉而肃穆。他浑身一抖,一种久已生疏的心的愉快的颤栗!他感到路旁的景物似曾见过。那窗扉?那灯光?对了,是阿强的家,那窗上的人影就是那位当钳工的业余作曲家。怎么还没睡?他挥动着手臂,干什么?在指挥一个全体缺席的交响乐队?!他愣了。静

31

悄悄的，路上没有车辆甚至也没有行人。突然，他的心灵深处，爆发出一阵音乐般的声音："别人的夜晚，那个属于人的三分之一生命的夜晚，都在为一个光明的白天，像白天那样探索着、工作着、奋斗着，而你呢，已经把多少个夜晚白白地虚掷掉了。"这声音像钟鸣、鼓点、江的涛音。又渐渐地像鸽哨、莺啼、燕语。他也有引为自慰和自解的东西。看来，阿强他们生活得不错，想来不曾有过坎坷。不是吗，我的遭遇是比较特殊了一点。换上他们，也许比我还要浑浑噩噩，谁敢保证呢？他这样自嘲自解地想着，并没有放慢步子。很快，他就望见了老家，那阁楼的小窗还透出灯光。

肖妈妈依在门前，一直在夜风中等候着大儿子的归来。

桌上摆着一叠什么书籍。"这是你过去用过的作业本、笔记本，我给你找了出来，你看看，也许能派上什么用场。"老母亲满怀希望地说。

他翻弄了一阵，辨出是自己小学时的语文作业本。他翻到一页，神情又变得像石像似的。他读到了他在小学五年级上写的一篇作文，题目是《当我三十岁那年……》。他用手指撮烟丝，烟丝没了。整包的烟丝在旅行袋里，可是他没有去拿的念头。

"妈，你知道这些人？"他说出阿强、阿宁、阿里和阿黛的名字。

"嘿，你问的是你的老同学们哪，他们不容易啊，个个都不容易……"老母亲眼眶里噙着泪水，开始抖落出一连串往事。

剪裁青春

母亲的絮语,使儿子浑身发热,血也要沸腾起来。

阿强吗?曾经在监狱蹲了五年,只不过唱了一支藏在老百姓心里的歌;阿宁吗?九年前,妻子跳楼自尽,因为这个贤淑而软弱的女性,难以目睹丈夫的受辱和痛苦;阿里工程师吗?在那个风刀霜剑的日子里,被"红色拳头"打断了腿骨;阿黛吗?那一年冬天,失去了人的尊严,被剃光了头发、只穿着短裤,立在十字街头示众……

肖时川低下头,泪水滴在胡须上。肖妈妈掏出手绢,擦拭儿子湿漉漉的胡须:"孩儿,你的振作,会比你给我的一切礼物都珍贵。"

他不再说什么,默默舀来一盆热水。把肥皂擦在腮边。对着镜子,手持刮胡刀一下、两下,刮下满脸的胡子。少顷,镜子里出现一张虽然多少有点忧郁却是充满希冀的脸。他笑了,真正热情的笑。接着,他找来一张油纸,把大烟斗包起来,寻思着:老宅哪一个角落最能让人遗忘。他不想再抽烟了。

"妈,我想和你商量一件事。"他热乎乎地说。

"啥事?你说。"肖妈妈的心怦怦跳个不停。

"我想明天就回厂子里,我还有许多工作要做。"他摸了摸光净净的下颏。

"这么急?你二弟和三妹刚才来看过你,都留下话,邀你明天去吃饭。"老母亲的眼眶又湿润了。

"这样的机会以后会有,会有很多的。"他推开窗,在心里吟唱,"月色朗朗,啊,白夜!"

翌日,肖时川踏上归程。

"流浪画家"的奇遇

恢复高考那年,知恩君25岁。他投考美院,不幸落榜,沮丧至极,但心里的画家梦却不灭。在陋室"闭门思过"三天后,他背起画夹,开始采风兼画画之旅。几个月的时间,他走遍了衢江和灵山江两岸,时常风餐露宿。他先后到过项家村的项氏民居、志棠村的雍睦堂、儒大门村的三槐堂,还踏访过张家埠的翊秀亭、灵山乡街上的灵山花厅、石佛村的探花厅和席家村的汪氏民居。那些多姿多彩的砖雕、木雕、石雕,尤其是上面的戏曲人物、山水、花卉和动物,使他着迷。遇上多少有点破败的甚至濒临倒塌的古建筑,他会久久嗟叹:"这些历史馈赠的无价之宝哟……"与此同时,他或写生、或临摹,让它们一一跃上画纸。

话说初夏里的一天,他登上灵山江畔的鸡鸣山。江风扑面,山雀叽啾。远眺乡野,祥云飘浮,庄稼起伏;稀落的农舍间,炊烟渐起。从鸡鸣塔内走出时,他寻思:龙游昔日的

剪裁青春

巨贾富商们把生意做到全国的同时，也把赚得的钱拿回家建造起一处处深宅大院，而自己这个穷书生，无缚鸡之力，只能流浪画画，难饱肚腹，太没出息了。知恩君这么想，不由得一声叹息，潸然泪两行。

他实在太累太饿了，待走下山，穿过一垄糖蔗地后，便瘫倒在一块内凹成卧床状的岩石上，再也起不来。这当儿，鸡鸣村劳会计的闺女、回乡知青劳芳妹路过此地，发现危情，唤来家人把流浪画家扶到家里。了解到原委后，劳芳妹就做主叫他住下来，还请了四邻乡亲让他画像，并吩咐他们挤出些小钱付给画家作报酬。知恩君感动得泪湿眼圈。

在劳芳妹家逗留的那些日子，温馨而宁静。他在享用农家美食的同时，还得到貌美心善的劳芳妹的勉励，认为他有潜质，只要坚持下去一定能成为大画家。那天夜里，知恩君灵感顿生，在画纸上描绘出心中的鸡鸣村。他先在左上角浅笔构出鸡鸣塔，把那些简陋的农舍推远；而在大块空旷的画面上，细致地描上一处处楼台深院、凉亭水榭，还用狼毫依次书上"傅家大院""慎思堂""翊秀亭""灵山花厅""邵氏卸厅""枕溪书屋"等字样。也许他对那些踏访过的林林总总的古建筑，印象太深了，作画的瞬间就自然而然地从笔端流淌出来。

离开劳家时，知恩君就把这幅"鸡鸣村图"赠送给劳芳妹。并承诺："等我发达了，我会来找你。"

劳芳妹默默收下画，也把自己的情感愿景默默地藏在内心深处。

数十年一晃而过。当下的知恩君已是一知名高校的美术系教授了。那次他离开鸡鸣村，在家苦苦习画数年，终于考上了北京一所著名美院。毕业前夕，他曾去龙游找过劳芳妹，只是时过境迁，熟人无几，仅打听到她在早些年就外出打工，踪迹不定。无果而返，他进入一所大学当美术老师，不久便接受了一位职务不小的官员之女的爱意。接下来结婚生儿、办画展、考职称，知恩君忙得团团转。他偶尔也会想起遥远的鸡鸣村，心滋惆怅，也掺杂几丝歉疚。好在他是个工作狂，更多的时间和精力是对付教学和作画。

这年夏天，在柯城市政府工作的儿子和一位龙游籍的大学女同学订婚了。知恩君趁暑假空档南下，目的是与未来的儿媳和亲家见见面，商议小辈婚礼事宜。

他在儿子拟作婚房的新宅客厅里愣住了。

墙上挂着一幅裱好的镶在镜框里的横轴水墨画。

知恩君问儿子："这画是哪里来的？"

儿子说："这是我的准岳母馈赠的。"

父亲继续问："你知道这幅画是谁画的吗？"

儿子眨巴着眼睛："不知道，但我知道，这幅画含金量很高，堪称佳作。"

知恩君迷茫："也就是一般性吧，谈不上有特别的价值。"

父子俩的谈话很难深入，疑惑之际，一对母女进来了。知恩君一抬眼，那位已略显老态的妇人朝他微笑点头。他的视线颤抖起来，这神韵？这笑靥？似曾相识。

妇人走上前："嗬，你果然是知恩……流浪画家？不，知恩教授，你好……"

剪裁青春

知恩认出对方了："你、你是劳芳妹？！"

说不尽的沧桑，道不完诧异。生活不易，遗憾难免。那些年，劳芳妹在深圳打工，得悉知恩君已如愿步入画坛，考虑到两人身份悬殊，觉得再去找他续缘，已不合适，便和同公司的老乡、年轻的技师结成秦晋之好。她女儿大学毕业后回家乡工作，有了男友后，她就把那幅"鸡鸣村图"当作陪嫁赠予不甚熟悉的准女婿。

劳芳妹拉着女儿的手，说："来、来，见见你未来的公公。你想象不到的，这幅'鸡鸣村图'的作者就是知恩教授。他是一位天才画家，我是真诚评价，明天你们去游览龙游'民居苑'就知道了。"说得女儿和准女婿一头雾水。

未来的儿媳转身沏上一杯新茶，递到知恩君手上："伯父，您一路劳顿，辛苦了。"

知恩君瞄了瞄俊俏的准儿媳，又瞅瞅眼眶湿润的劳芳妹，点点头，又摇摇头，竟不知说啥好。他心里是五味俱全呀，好在不久将结成亲家，也算是苍天有眼。

翌日，知恩君在众亲友的陪同下，游览了龙游"民居苑"景区。想不到啊，他早年踏访过的许多古建筑，那些古民居、宗祠、戏台、店铺、牌坊，曾不经意地跃入他的"墨宝"，此刻却以精美绝伦的实体，一一呈现在他面前。只是脚踩着的那些远属唐宋元年的青砖，他当时未能勾勒进画景里。原来当地政府把那些散布在各处的古建筑集中在鸡鸣山下，既保护了文物古迹，又为游人提供了一大休闲乐园。这种创意居然和知恩教授当年的遥想不谋而合，令知恩教授不胜感慨。

送花工的爱情

在江南荷城，鲜花店一爿接一爿的。其中季老板开的"勿忘我"鲜花店规模最大，生意也最旺。单身汉鲁汉明就在这家鲜花店当送花工。

那天，鲜花店的店门一开，鲁汉明便风风火火赶来了。季老板说："小鲁，今天你要辛苦了，有一份连续送10天的鲜花业务，这可是一笔大生意啊。"

"没事的，客户越多越好嘛，你放心好了。"鲁汉明的心情很好，语气里透出愉悦。这位28岁的小伙子，是前年在棉纺厂下岗的。他干过许多杂活，生活很不稳定，直到三个月前干上了送花工，才有了好心情。虽说工资也只有400元，整日里走街串巷送花，但老板待他不错，而且愿意长期聘用他，那种下岗初期的失落感也就逐渐消解了。至于恋爱的事，却没有想过。这主要不是他不想恋爱，实在是没有合适的机缘。他仪表尚可，不高不矮，不胖不瘦，只是钱囊苦涩，在把金钱看得很重的世俗面前，很少有姑娘会把青睐的目光投向他。

送花的住址是城申花园小区16幢503室，签收人是蕴。

鲁汉明的小三轮车里装了近10份花，一路按址送去。当他叩开小区的那扇门时，迎接他的是一位愁色满面、眼角噙泪的美貌姑娘。她收下他呈上的一束玫瑰花时，口气极淡地问："谁送的？"

鲁汉明公事公办："小姐，对不起，客户叮嘱要为订花者保密的，请你原谅。"

那位姑娘在单子上签了一个"蕴"字，随后即把玫瑰花往桌上一掷，泪水就大滴大滴地淌出来。

翌日，他把小三轮车停在16幢楼下，一眼望见那位姑娘倚在阳台的壁沿上。他快步蹬上五楼，叩开门送上鲜花。收花人照旧签收后把鲜花往桌上一掷，接着就又泪流满面。

又一天，鲁汉明比往常早半点钟抵达，远远望见姑娘又站在阳台上，身姿微微外倾。出于礼貌，他远远地招呼："蕴小姐……阿蕴，您好！我第五次给您送花来了。"

阳台上的姑娘神情一愣，随后应了一声："您好！"

这次，她签收的时候，脸上有了笑容。她笑的时候很动人。他把自己的直感告诉她："蕴小姐，您笑的时候，太美丽了。"

"是吗？"她水汪汪的眼睛瞄着他，"你不骗人？我真的很漂亮？"

鲁汉明点点头："我不会恭维人。您就像这鲜花一样，漂漂亮亮。"

突然，她很唐突地问："他怎么还会给我送花呢？他不是与别人订婚了吗？"她既像是问鲁汉明，又像是问自己，一脸的迷惘。

傍晚回店时，鲁汉明大祸临头。

季老板责问："你这个高中生，识字不？"

"老板，你这是什么意思？"他大惑不解。

季老板说："小鲁，你送错花是要扣工钱的。你这几天魂到哪里去了？连续送错五次——客户打电话来了——城申花园小区16幢503室，你把花送到哪家去了？"

鲁汉明在单子上定睛一看，两耳嗡然作响。送错地址了——"城申小区"看作"城中小区"了。"一横"之错，这个月的工资泡汤了。

季老板说："你明早给那个住址送去双份鲜花，一份是作为赔礼的，要诚恳向收花人致歉。"

鲁汉明蓦地心里一亮，爽爽气气地说："遵命！不过，我也要订五天的花——费用自然在我的工资里扣。"

季老板忽然兴味盎然地问："小鲁，有对象了？"

鲁汉明眨眨眼："这很难说清楚。"

第二天，鲁汉明把23朵玫瑰花送抵城中花园小区的蕴小姐，又把双份的鲜花送给城申花园小区的那位收花人：蕴。使他惊讶的是，那位签收人"蕴"是位银发老妇。据说，蕴女士的老伴是省金属研究所的高工，这些花是他订的，在这对伉俪结婚40周年之际，他出差在外脱不了身，便用鲜花来表达绵长情意。

蕴姑娘知道了送花工的"差错"和送玫瑰的美意,专程到"勿忘我"鲜花店向店老板致谢。原来,那些天,蕴姑娘由于接受不了初恋男友和别人订婚的事实,几次想跳楼,幸亏送花工打断了她一时的念头。

那天,蕴姑娘主动向鲁汉明约会,鲁汉明赴约后的第一句话就是:"我真应该感谢送花工这个行当,是鲜花让我们相识了。"

蕴姑娘说:"是的,是的。我也有同感。不过,此刻我也很感谢城申小区那位'蕴'奶奶,是人间的巧合,让我才有福分遇见你。"

鲁汉明有点动情了,牵着她的手,说:"确切地说,我们应该感谢花,感谢千姿百态的鲜花。是鲜花美好了人们的生活,同时被美好的,还有人们的情感和心灵。"

不到一个月,鲁汉明和蕴姑娘确实了恋爱关系。蕴姑娘拿出数万元积蓄和他商议:"咱们也开一家鲜花店?"

鲁汉明说:"这个主意很好。你来当老板,我还是当送花工吧。"

蕴姑娘喜极而泣:"你是老板兼送花工……或者是送花工兼老板。"

邂逅一杯好茶

初夏里的一个傍晚,管文峰在市河畔的小街上踯躅,衣冠不整、头发蓬乱、眼神迷茫。

街灯初亮。临近街口那爿"邂逅茶馆"时,他驻足凝望。店招牌上那敦实的"邂逅"二字,吸引了他的视线,他身不由己地步入茶馆。

吧台后面的女老板微笑着招呼:"您好,先生,欢迎光临。"

他没理会店主的好客,默然选择一个临窗的空位坐下。

"来杯什么茶呢?"那个问询仍然热情有加,仍然音乐般地悦耳。

他侧着脸,闷闷地说:"绿茶,要上档次的。"

年轻的女老板隔着吧台介绍:"绿茶有许多种,龙井、碧螺春、黄山毛峰、长兴紫笋、庐山云雾等,都是上品;当然,也有比较普通的茶。您要哪一种品牌的?"

剪裁青春

管文峰勉强一笑:"有劳您给选择一种吧。"

她点头:"行,我这里到了几个新品种绿茶,我给您做主吧。"

管文峰伸手掏衣袋里的钱包,脱口而出:"糟了,没带钱。"

女老板推出轮椅,莞尔:"没事,您是本店今天第100位茶客,我请客。"

管文峰朝那辆半旧的轮椅一瞥,心里一咯噔,说:"您?嘀……免费?这……"

瞬间,沸水就冲到茶杯里。那一撮茶叶在玻璃杯里上蹿下落着,少顷,那些茶芽蒂朝下、尖朝上,如朵朵含苞欲放的兰花,杯里的水色便泛起一汪黛绿。

他鼻翼翕动了几下,感觉到蒸腾而起的幽香了,不由得叹道:"好香啊。"

女老板说:"这茶经久耐泡,常年饮用能提神、明目,还有防止衰老等保健功效,是天然的高质量的健康饮品哦。"

他嗯嗯嗯地用鼻音回应,心思却在云游。这位29岁的忧郁的新茶客是荷城绸厂的保全工,同时还是文学青年阵垒中的一员。五年前,他一头钻进斗室,创作了一部酝酿经年的长篇小说。书稿完成后的几年里,先后投寄了10多家出版社,无一有幸被编辑看中。父母对他产生怀疑,劝他息手;连那位与他相爱五年的女友,也耐不住寂寞,另投一位年轻大款的怀抱。就在前一个小时,这部书稿又一次遭遇退稿,那一刻,他几近绝望。

他的心路历程自然不便向这位陌生的茶馆女老板透露，却引起她的好奇和关注。

"先生，您是不是在职场受挫？"她问道，语气里透出善意。

他坚决地摇摇头。

"您的生意蚀本了？"她的不安浓重了。

他伸出两手，同样坚决地摆摆手。

"那么，您一定是失恋了？"她扑哧一笑，轮椅动了一下。

他点点头，又摇摇头。

她轻轻地叹了一口气，像是安慰客人又像是安慰自己："人来到这世上，都不容易。就说这茶叶吧，从种植、采撷，到制作、推介，哪一项是容易的？"这位温婉秀美的姑娘，下肢残疾，是孩提时患小儿麻痹症落下的。前年她参加高考，虽得高分，却因健康原因和志愿填写不当，未能被录取。她先后开过书店、当过家庭教师和企业会计，直到半年前，在市河畔的小街口开了这爿"邂逅茶馆"，才坚定了自己的人生目标。

他朝她凝视，他已经注意到她的美丽，她的残疾，她含泪的微笑，附和道："我、我能估摸到您处世立身之不易，但这和茶叶、喝茶有什么关系？"

她靠近他，说："先生，您对茶叶一定不会陌生。可是您可曾想过，这朵朵绿芽，吸聚自然之灵气，鲜嫩年少时便离开母树，经历了蹂躏、煎熬、烘焙等磨难，蜷曲着身体，却坚护着精华；渴望有一天邂逅一杯好水，将浓缩的美丽释放出来，一吐最后的芬芳。"

他听到这里，蓦地起身，又蓦地落座。眼睛睁得很大："说得好，您的话像诗句呵。"

"不、不敢当，我这是想到就说。影响您喝茶了，不好意思。"她把轮椅推开，又去迎接刚到的茶客。

他的眼睛湿润了，在心里说："谢谢您，善解人意的姑娘。我懂您的意思，每个人其实都像茶叶，都有痛苦的经历，都在等待一杯好水……"

大水壶高提，他茶杯里的水又满了。管文峰开始静心品茗。他呷了一口，让茶水在口腔里久久逗留着。这茶味哟，甘醇爽和，令他顿感神清气爽。他一手抚椅把，一手握着茶杯，脸稍仰，眼微眯，那种怡然而可心的神态，连路人隔窗瞅见，也为之陶然。

管文峰离店时又踅回吧台旁，询问："对了，还没有请教小姐的芳名？"

女老板淡笑："我姓舒，舒展的舒，名怡可。不好意思，我的名字刚好和您喝的这绿茶的品牌名相同。"

他闻言一激灵："舒怡可？这名字好啊，茶也好……"

管文峰回家后，并没有按照出门时的想法把退回的书稿焚毁，而是伏案细细重阅，在稿笺上不时地圈圈点点。他文思泉涌，很快便有了新的修改方案。

之后，管文峰一有空闲就到"邂逅茶馆"品茶，有时独来，有时带一批亲朋好友来，喝的自然还是那种回味甘厚的

'怡可'茶。

　　深秋里的一天,管文峰的运气像太阳一样升起来了。他的长篇小说《凤凰涅槃》经过再三修改后,参加一个全国性的原创作品大赛,意外获奖,并被主办方安排出版。

　　这阵子,管文峰常在"邂逅茶馆"忙碌,而茶馆一隅新添了一个斜面书架,陈列着许多书刊供茶客品茶时浏览。自然的,这书架的显著位置上放着几本厚厚的《凤凰涅槃》。而隐身多时的舒怡可,从沪归来后,居然可以离开轮椅,支着一支木拐行走自如了。

剪裁青春

小女孩的谋略

春季里的一个星期日午后,一对父女在沿河的小路上缓步前行。

女孩是14岁的初一女生小红,中年男子是她的老爸大程。

大程侧脸笑问:"小红,我听你班主任说,你当上了什么校级干部了?"

小红害羞地回应:"没什么了不起,不过是税收小宣传员而已。"

大程朗笑:"有趣,学校里还有这种类型的学生干部,我还是头一回听说。"

小红说:"前几天,我们学校举办了'税法宣传校园行'的知识讲座。听了县地税局叔叔通俗易懂地讲解,我很受启发,知识面扩大了,对税法也有了进一步的了解。"

大程说:"不错、不错,那你倒给老爸说上一遭。"

小红说:"我对税法的理解是肤浅的。老爸,有的人认为,税收就是给国家交钱,自己得不到什么好处。这种观点是不正确的,您说呢?"

大程回应:"税收是把纳税人缴的税款,去造公园、修福利院、办学校等服务于人民群众的场所和关乎民生的机构,大家都受益其中嘛。"

小红跷起大拇指:"老爸厉害,不愧是蒙城大公司的行政科长。从这个意义上说,税收是为了更好地改善民生,是为了国家更好地发展。改善了民生就可以更好地集中谋划发展;国家经济发展了,税收就会更充裕。"

大程低头若有所思,自语:"是这个理。"

父女俩边走边聊,在岔路口被一片热腾腾的景象所吸引,驻步观望。

近石拱桥的河岸,浪花拍击临水围堰。

两台推土机隆隆作响,众人在手提肩扛地忙碌。

水岸景带建设已初具轮廓:亭台、楼阁、回廊,错落有致;绿树、草坪、花卉,依次排开。两位青年民工蹲在地上,用磨面花岗岩原石块在铺设临水步行道。

小红有点激动地说:"啊,好美啊,临水风景带。这里离咱家只有五六百米的路呵。"

大程有所启悟:"今天你说要带老爸去一个美丽的地方,就是这里?!"

女儿点头:"正是。"

老爸暗忖:这小囡的葫芦里卖什么药?

剪裁青春

忽见小红手指一块宽约30厘米、长约60厘米、厚约10厘米的花岗岩原石:"这块花岗岩原石,据说要100元人民币呢。"

大程闻声一愣,随后指了指一大片铺好的步行道,说:"嚯嚯,这么说,铺在这地上的可是一百元、一百元的人民币呀。"

小红眨眨眼:"是呀,就这么铺,要铺上好长好长一段路呢。老爸,您知道修这条3公里长的临水风景带,需要多少钱?"

大程抬手挠挠额头:"肯定要一大笔钱,具体的数目嘛,我可就说不准了。"

小红拍了一下手:"据说要3个亿呢。政府拿出的这笔款项,可都是纳税人的钱。"

大程作惊讶状:"乖乖!要这么多。"

小红望了望河面,轻语:"所以说,大家能做到依法纳税、诚信纳税,国家的税收就充裕了,就能为百姓办更多的实事、好事。像前几年汶川地震、青海玉树地震的灾后重建,有一大部分资金都来自国家税收,那些钱就更多了。"

父女俩就这么聊了一会儿,又原路往宅区走去。

小红像是突然想到了什么:"咳,老爸,爷爷留下的那套80平米住宅租出去了?!"

大程有点警觉地:"租出去了,怎么啦?"

小红淡笑:"我知道,已经租出去两个月了,月租金是1200元。"

大程手指轻点小红的头："是这个数，算你机灵。"

小红夸奖道："老爸您的理财能力不错噢。这房子空置也是白空置，弄出点钱来总是好的。不过……"

大程有所警觉："不过……什么？你到底想说什么？"

小红："老爸聪明。我在想啊，咱家经济上不错，老爸、老妈的工资已经不低，非分之财可不应得，对吧？"

大程挠挠头："我、我家可从来没得过什么非分之财呵。"

小红严肃地说："有少数人把偷税逃税当作一种本事，盘算来盘算去，却把责任心和诚实的美德丢了。我不想我老爸是这种人。"

大程瞪大眼睛："小红，老爸不懂你说什么。"

小红眯起眼："咱家出租房子，要依法纳税！"

大程醒悟："嗬嗬，原来你这个税收小宣传员宣传到你老爸头上来了。"

小红：老爸，我了解过了，房屋出租要纳税，包括个人所得税、房产税、营业税、城建税和教育附加费。

大程有点招架不住了，沉重地说："老爸这段时间有点忙，把这件事疏忽了……"

当夜，小红很快睡着了，有了梦；而她老爸却心思重重，辗转难眠。

那是周一的傍晚，大程在县地税局纳税大厅办妥出租房纳税事务，沿着石阶坦然落步。在老程家呀，女儿小红是老大，小红她妈是老二，老程则排行老三。嘿嘿，女儿的指示老爸办，顺理成章。

只是他不知道，此时他的女儿背着沉沉的大书包，正等候在局院大门外。

老爸乍见面愣住了："小红，你在这儿干吗？"

小红嘻笑："我放学了，顺道来陪陪您。"

大程说："事办了，税缴了，心里也就轻松了。"

小红拉着老爸的手："我老爸是个好人，工作积极，心地善良，从善如流。话又说回来了，我如果连自己的老爸都说服不了，我这个税收小宣传员是白当了。呵呵。"

一梦千年

那年,朱坦群从师范学校毕业,分配在小南海一所小学教书。校址原是一处禅寺,卧在稍显峻峭的坡峰。因家在柯城,他就住宿在校内。那年月,喧哗得很,很难安放一张安静的课桌。好在四周乡风仍旧淳厚,风景也别致,他也渐渐安下心来做"孩子王"。每天晨起,他总是伫立在校园前庭的石栅栏旁,遥望大江,看远处百舸争流,心里头就有种漩浪在翻滚。

他是个文学青年,课余时间随心涂鸦,那些习作苦于无处发表,也无人赏识。那时候,县里时有什么文学活动,他也隔三岔五地参加,结识了一些文友。从省城分配到钢厂的同龄人阿秦,和他特投缘,时常到小南海找他,谈天说地,侃聊诗歌、小说什么的,还弄来一架破唱机,悄悄听一些老唱片。朱坦群每每陪同文友在附近四处散步,使独在异乡、郁郁寡欢的阿秦,有了笑颜。阿秦毕业于省冶金工业学校,两位倾情于文学的小伙子渐成知音。

一次，他俩散步至修篁环抱的小丘，入小路旁的小山洞里歇息。洞左侧有一口月牙状的小池塘，突兀的壁沿上书有"放生池"几个字。阿秦瞄了瞄洞壁，顺势蹲在池边洗起手来。朱坦群介绍，这山洞湿度、温度和野地有异，村民们曾在这里养蚕；这小池嘛，以前是供人拿鱼来放生的，现在也见不到什么鱼儿了。

阿秦起立，问："这水塘浅，水很清，我想下池游泳，行吗？"

朱坦群说："使不得，使不得，这池塘深不可测，有一次我在这儿洗衣，肥皂滑落，我便下水去摸，谁知总探不到底，而且越到下面水越凉。没捞上肥皂，我心慌慌地就蹿出水面。"

阿秦闻言，不吭声，陷入沉思状。离开时，阿秦往池塘里掷了一块小石头，浪花不大，声音却很雄浑，余音绕壁，有点怪罕。

又过了几天，是星期日。师生们都回家了，只留下朱坦群一人空守校园。午后无事，他来到前庭，眺望一番后，睡意顿起，便倚着石栏睡着了。少顷，他的脸容生动起来，嘴角搅动，手臂无规则挥舞。嚁嚁，他的视野里景象万千：江边骤然聚集着百来艘货运船，挨挨挤挤，人声鼎沸，有抬着石料下船的，也有扛着粮食、柴炭上岸的。一扭头，场面更加热火，小丘那边，冒出一长溜铁铺，炉火通红，壮实的铁匠们在挥汗如雨地锻打钢凿；"放生池"的水全没了，大豁口处，石工们进进出出。一瞬间，叮叮当当的锤凿声大作，不绝于耳。他拼命摇晃着头，两手紧捂耳朵。猛地，朱坦群醒了。他睁开眼，环顾四周，青山、绿水、老树，寥无人迹。原来是个梦，但那种颇有节奏的凿石声，仍经久不散。直到几只小鸟停栖在石栏上婉转鸣叫，他的耳畔才清静下来。

　　朱坦群回到陋室，琢磨起这个奇怪的梦，百思不得其解，于是就提笔把梦境记录下来。想不到的是，阿秦再次来看他时，说及他回钢厂后，当晚做了一个怪梦。阿秦描绘的梦境，居然和那个午后他在前庭做的梦一模一样。

　　"也许咱们心有灵犀吧，因为爱好相同。"朱坦群调侃道，眼神却不胜困惑。

　　阿秦笑笑，不经意地回应："也许是咱俩虽都缺钱却都不缺文学细胞；也许是咱俩老是在村子里散步，接着地气，古人显灵托梦吧。"

　　时光如水。阿秦在32岁的时候，调回杭城，在一家大型钢厂技术科任职，渐渐地和老友疏了联系。与此同时，他的作品渐渐见于各种报刊，还出了几本书，成了小有名气的小说家。

　　那天，他在省报上看到一则报道，说是龙游当地几位农民探奇，用抽水机抽干池塘里的水，意外发掘出一座石窟群，方圆0.38平方公里的土丘上分布了36个洞窟；这个目前世界上最大的地下人工古建筑群，其开凿下限不迟于西汉时期。他依稀感觉到，这石窟的位置，很像是他到过的地方。再后来，他获悉，龙游石窟成了国家4A级景区，竟激动得一醉方休。

话说回头,朱坦群在阿秦调回杭城后不久,也离开教坛,去南方闯荡。他打过工,做过推销员,直到进了一家工艺创意公司任策划师,工作才稳定下来。忙生活、奔事业,在公司任上副总五年后,他也到了即将退休的年龄。他思念故乡龙游,思念年轻时的老友阿秦。他早年教过书的地方居然成了旅游胜地,更让游子彻夜难眠、归心如箭。

这天,办妥赋闲手续的朱坦群回乡定居,从县文联了解到阿秦的通信地址,立马邀请阿秦来故地一聚。阿秦当夜重返第二故乡龙游,和朱坦群紧紧拥抱,喜极而泣。两人都已两鬓斑白,重提早年那个神奇的梦,唏嘘不已。他俩就是再有想象力,也不可能料到,小南海竹林禅寺附近几口静躺了上千年的小池塘,居然卧伏着一个让今人叹为观止的千古之谜。

次日一大早,朱坦群陪阿秦去观光石窟景区。

朱坦群指了指前方:"喏,秦大作家,这个石窟,就是你当年掷过一块小石头的池塘。"

阿秦抬头远望:"是吗?是这儿吗?太神了。"

两人沿着石阶走进洞内。阿秦仰望30米高的呈倒斗形的窟顶,举手轻拍凿有鸟、马、鱼图案的连顶石柱,连连晃头,啧啧称道:"人工开凿的,工程浩大呀,不可思议。不可思议的还有,咱俩都得到过'梦启'。嘀嘀,真可谓一梦千年哪!"

"千年的古境居然能入梦,奇也。"朱坦群感叹道,两手不由得捂住双耳,仿佛远古的凿石声又响起来了……

特别的请求

这个冬季,感觉特别漫长。每到下午3点钟,我的胃就向我提出一个特别的请求:添加点食物吧!我就去单位附近的小摊选购。那次,一阵烤番薯的香味,诱得我的肚子咕咕直叫。我毫不迟疑地掏腰包向烤番薯的卖主——一位面相敦厚的北方汉子买了一只刚出炉的。半斤重,一块钱。味道好极。就这样,每天这个时候,我都要买一只烤番薯满足胃的请求。有时消费一块五六角钱,有时付两块七八角,遂成习惯。

因天气冷,路上又总有风,也是为了免于被熟人撞见留下不雅的印象,我便钻进烤番薯摊附近的一个自行车车棚里吃。这个车棚不是一般的简易棚,它有顶、有门、有窗,由于两面都是窗,且总是敞开的,路人经过时,对站在里面的人可以说是一览无遗。站在里面吃,可以避风,主要是心理上多了些许安全感。

剪裁青春

我的吃相怎么样，自己是不清楚的。我只知道，自己胃口总是很好，薯皮总是随手一扔。这倒也没引起什么麻烦。这个车棚里存放着十多辆旧自行车，大多蒙满灰尘，角落里还凌乱堆着一些连捡破烂的都不要的杂物。

一日，我买了一只三块钱的烤番薯，味道不错，可惜薯中心和另一小半部分没有烘透，有点生硬，食欲刚被吊起，就没了。于是再去买了一只小的，也不过是一块三角钱。这只刚出炉的小烤番薯简直可称得上极品，外表半焦半黄，内心软硬适度，味甜气香。胃口大开。消灭了一半，又消灭了一半里的一半。待准备吃最后几口时，由于手姿出现失误，这个残体掉落在地。可惜啊。我有点不甘心，蹲着身体拣起它，尝试从薯底部的硬皮里挤出一点，成了，一口吃之。好味道。不过瘾啊。我无奈地站起来，欲走。

此时，进来一位穿警员服装的青年男子。他很严肃地望着我，问："你，你喜欢吃烤番薯？"

我不知其意，答道："是的，下午这个时候，我的肚子……"

来人依然绷着脸问："你、你常到这个车棚里来吃烘番薯？"

我下意识地回答："是的，这个地方能避避风。"

"避避风？好啊！"他一边说，一边用目光扫视四处。

我的心一沉：糟了，我惹上麻烦了。是不是这里的自行车被盗？哪我就有重大嫌疑，因为这段时间每个下午我都要来此一趟；是不是这里属于卫生重点检查区域，乱扔番薯皮弄得不好要罚款？我很可能被人算计了，你想想，倘若每扔一次的罚金为5块钱的话，那三五十次的累积可要200块钱左右啦，这个月的奖金很可能要泡汤了。

这么心慌慌地左思右想时，那位穿警员服装的青年男子突然递给我一支烟："我随便问问，你可不要多虑哟。"

平时我是不吸烟的，可是一个警员模样的年轻人递来的烟能不抽吗？我接过烟。对火。

烟雾一散，他笑微微地说："不好意思，事情是这样的。我大哥下岗了，也干起了卖烘薯的活计。地点设在小西街丁字口，离这里不过200米光景路。虽然我大哥烤出的番薯质量不错，可生意不大好，哎……"

原来，他大哥向北方汉子讨教过生意经，北方汉子说，原先自己的烤番薯生意也挺一般，后来有位先生常来买，买了就在附近的车棚里吃；这位先生很可能是美食家，要不就是表演艺术家，他站着吃烤番薯的样子非常诱惑人，路人目睹，无不被调动起食欲，都来购买他的"产品"。自然的，北方汉子的生意很快就红火起来。

穿警员服装的青年男子继续笑微微地说："北方汉子所说的美食家先生，就是你。刚才我有幸欣赏到你的吃相，确实很吊胃口，你可称得上是品尝表演艺术家呵。那瞬间我经不住吸引，也去买了个烤番薯尝尝，那味道和我大哥卖的差不多。我这次来，是想与你商量、商量，请你到我大哥那个摊去买，那个摊旁边倒有一个小亭子，可挡风挡雨……"

剪裁青春

  我终于明白他的意思，忐忑不安的心也就放下了。与此同时，我也甚感尴尬。原来我只顾品尝美味，全不顾自己过于夸张的吃姿。我说："这不成问题，明天我就到你大哥那边买吧。"

  临走时，穿警员服装的青年男子真诚道谢："太谢谢你了，实在不好意思，我大哥一家老小的生活就全靠那个烤番薯摊了。"他双手作揖，朝我晃悠了下，眼眸里盛满祈盼。

特殊的摸奖

天天制衣公司有员工400多号人,是个规模不大不小、利润不高不低的私营企业。总经理小臣是个具有新潮思想的人,他一手操办了员工春节联欢晚会。其中那个延续多年的"摸奖"节目,有了实质性的改革。

头奖不再是电饭煲之类的家电,二、三、四等奖也不再是皮鞋、围巾、内衣、洗发水、香皂之类的日用品。严实的摸奖箱里装有奖券400多张,不分奖级,上面写的是职位。大部分奖券上写的是"车工""整熨工""缝纫工",也有的写着"门卫""收发员""资料员""仓库管理员""会计师""出纳员"等字样。至于"总经理""副总经理"及各部门主管的"职位",也一一写上奖券。

这自然是一种娱乐,但小臣总经理在摸奖前做了严肃的说明——谁摸到什么,就干什么,试行三个月;三个月内,各位的待遇照所任职务享受。他的说明,引起哗然。

剪裁青春

在欢声笑语中，每位员工都摸到了一张特殊的奖券。

揭晓了。车工出身的门卫老丁，摸到了"总经理"，而总经理本人，摸到的是"整熨工"；对数学特别痴迷的事务长大军，摸到了"财务主管"；肠胃不太好的司炉工小童摸到的则是"事务长"；检修工老毕摸到了"供销主管"；未婚小姐、仓库管理员小雅，摸了个"行政主管"，几位老资格主管却依次摸得"门卫""打包工""质检员"等职种。

各就各位。荒诞的一天开始了。太阳照出，机器照转。干得还真不赖！在春季这三个月中，制衣公司的生产和经营大有好转，利润同比增长了不少，公司的声誉也大有提高。

那位整熨工、原总经理小臣，就和新任总经理老丁商量：全公司的分工再延续三个季度，也就是这个格局要维持整整一年。这样，这一年中，公司的经济效益创历史新高。当然，由于这个公司是私企，收益最大的自然是企业老板。

有一次，小臣在工间休息时间和行政主管小雅聊谈，说及这次"变局"的感想：人的潜能是很大的，人的可塑性也是很大的，往往能在一个时期里，将自己的才干发挥到极致；人的工作应时常有所变动，新鲜的工作能够调动工作者的创造激情，云云。

小雅是电大文科毕业，她听得懂总经理的理念，但感受没有他来得那么深刻。

第二年春节又将来临。有心理学硕士学位的小臣总经理仍主持公司的联欢晚会，仍把各种"职位"写进"奖券"。谁知，摸得"奖券"的员工纷纷哇哇叫起来——奖券上的字样不是什么"职位",而是实物:笔记本电脑、彩电、冰箱、洗衣机,最差的奖品也是一个价值百元的电吹风。

发生了什么事?这当儿,公司董事长老臣步入娱乐大厅。他亮着嗓子说:"首先,请允许我祝贺大家新春快乐,合家幸福。现在,我宣布,免去我儿子小臣的总经理职务,同时免去老丁、大军、老毕、小雅等同志的现任职务。娱乐节目产生的'变局'是很滑稽的,是不算数的。从今天起,我将兼任公司总经理……"

原来,老臣因身体不佳,把企业暂且交给儿子管理。去年整整一年,他都在海南疗养,现已康复。第二次那个摸奖活动,是他指示当门卫的原公司办公室主任老谋,玩了个调包计。

场子里有笑声,也有窃窃私语。小臣脸露抱憾之色,向大家作揖致意。

老臣董事长向大家摆摆手:"我的话还没有讲完,请各位少安毋躁。我真诚感谢全体员工一年的辛勤工作,只是我的儿子小臣是个书呆子,不适合管理企业。他搞的'变局',仅仅是他的论文之实验。顺便告诉大家,小臣同志已被京城的工商大学博士生院录取,他将在那里攻读博士生学位三年!谢谢大家。"

冷场。遂掌声雷动。

民间视察

　　老乾先生在荷城群艺馆任职，口才极差，日久也不见长进，这样，在单位里就很难摘掉"人微言轻"的帽子。好在他退休了，啥事都无所谓了。转眼他赋闲在家已逾两年。他的大部分时间用于读书、写作。在一次体检中，他被查出患有高血压症，并且心脏也不太好。这样，他在医生的建议下，服药，辅以适度锻炼——散步。

　　他的家居很一般，60来平米。由于大部分财力用于儿子的新房开支，他的旧居室也就永久性地不做易换的考虑。一次，他拜访寓所安在市中心高档小区的同窗好友，被小区的园艺所吸引，居然在小区沿河一带做了半个多小时的观光，一路上止不住咂嘴赞叹。

　　老乾先生回家后，稍感疲惫，但胃口变好，饭量大增。当然免不了向老伴夸奖他的同窗好友的豪宅如何气派；夸奖那个花园小区如何宜人。

接下来，老乾先生受不住房产广告的诱惑，专程去了城南一个号称具有国际水准的楼盘。楼盘的名称非常洋气，叫"巴黎春天"。宽敞的道路，平坦的草坪，小桥流水，假山凉亭，树木郁郁葱葱，健身器材散置在小区的角角落落。"这可是人间仙境呵！"他细心察看，自言自语地前行，惹得相遇者误以为他的精神有毛病。

　　在这个楼盘门首的告示牌旁伫立，得知尚有59套三厅三室的精品房待售，每平米为38000元，一次性支付优惠百分之十。"乖乖隆地咚！就是能优惠百分之八十，老夫也买不起呀。"说是这么说，他的心情还是很愉悦的。仅当游览公园嘛。邻居一对退休夫妇经常外出旅游，他因老伴身体欠佳，一直未能成行，够寒碜的。他想：在这里我照样看得到蓝天、看得到青山、闻得到花香、听得到鸟鸣，照样有赏心悦目的效果，这不是很惬意吗，还免费呢。好，就这么办！于是，在以后的日子里，他把散步的目标瞄在市内各个上档次的高质量生活小区。兴致高时，还劝说老伴同行，在本城作短途的免费旅游。换上旅游鞋，戴上遮阳帽，再带上一瓶矿泉水，带上点水果、饼干，以步代车，优哉游哉。

　　久而久之，老乾先生把这种"免费旅游"，上升到一个新的高度，叫：民间视察。这是有来头的。不好意思，老乾先生虽然没做大官，但他的风度挺不错，特别是漫步的样子，很儒雅、很稳笃，察看什么的神态很淡定、很亲和。一次，他在城东的凤凰小区作短暂观光时，差点被保安和社区干部认作是微服私访的省市领导，敬礼递烟沏茶，请他多多指导，还邀他题字留言，弄得他百口难辩。他本来口才就欠佳，越讲就越显得人谦逊，越说就越露出亲民意气。后来还是一位任物业出纳、认得他的老同事的女儿来打圆场，称他是文艺老年、笔杆子厉害得很什么的，让他体面地下了台阶。自此，他在陌生小区散步时，心理上不再把自己当成是一介草民，而是有相当级别的官儿。视察嘛，当官的可以视察，老百姓也可以视察嘛。老乾先生就这样当仁不让地三天两头地"民间视察"起来。

可以想象出，老乾先生的心情变好，心里头天天是晴天。你想吧，本城的面貌日新月异，有这么多市民的住宅条件大幅地提高，他怎么不开心？！能不高兴吗？！心情变好的理由还有很多，比如：自己是民间视察者，观景促文思，新鲜感不断，倾诉欲望增强；到过一个风景佳处吧，一不留神，便把那些佳处划属自己的心灵范畴。物质上不够富裕，但精神上可以很富有嘛，对吧？！

这些日子，他乐此不疲，连老伴也开始有了民间视察的瘾头。

一年下来，老乾先生又做了一次体检，居然被告知：血压正常、心脏无恙，什么病都没有，很健康。更重要的是，他的写作出成果了——电影剧本《恰似天堂》已和影视公司签约，长篇小说《不再蜗居》和散文集《优哉游哉》出版在即；还在一次新楼盘征名中获得特等奖，拿了8000元奖金。

此刻，老乾先生又出门了。这次他要去新落成的城北蓝水湾小区散步，不，去"视察"。那里的格局更高雅，更具有科技含量，更叫人流连忘返哟。

极品礼包

司马先生是个很有创意的人，常萌生令人惊讶的时尚点子。一次，他要去做客，按照常规准备了一份盒装礼品。出门挤车时不小心，这个礼盒的底部被碰掉了一角，临时又没有代用品，他也就勉为其难地将这件礼品送出去了。因心存歉意，他对那件包装有损伤的礼品印象特别深刻。谁知过了半年，他的学生陶君登门造访，带来的礼品就是他原先送出去的东西。当然，除了这件底部破损的外包装可留作纪念外，里面的东西早就变质，不能食用了。

这件事给司马先生很大的刺激，也给了他一个发明的灵感。想想现今，礼品多，营养品多，且山寨品泛滥，逢年过节，送礼回礼无法避免。送来送去，钱花了不少，得实惠不多，大量的东西最终都不能食用，至多是那些包装物积累起来当废品卖点小钱。再想想，这样弄下去不行，礼尚往来的习俗无可挑剔，但太浪费了；那么为什么人们仍乐此不疲地送礼回礼呢？恐怕大家图的是精神上的享受，好久不见面，有个由头聚一聚，交流、交流，问候、问候，手上拎个礼品什么的，不至于太清淡。所以从这个意义上说，送礼回礼不在于礼品本身的物质意义，它实在是一种精神陪衬而已。如是思考，司马先生想搞的新玩意也就有了基本框架。

在进入发明的动手阶段，司马先生在商场目睹购买鲜花的顾客很多，但纸花、绢花和塑料花的生意也很好。他便遐想开了：假花不一定表示假心假意，真花也不一定能代表真情到永远。鲜花虽然新鲜而富有馨香，但会枯萎、凋谢；假花在外观上略为逊色，但经久耐放，且无须浇水添料，伺候成本等于零。再说了，真花和假花各有各的用场，有时很难互为替代。想着想着，他那个发明框架的枝节元素，便活跃起来。

简单地说，司马先生发明的是一种专供做客携带的"极品礼包"。称这玩意儿为"极品"，有几大理由。其一，这个礼包非常漂亮，外观硕大而气派，能体现携带者的身份之高贵；其二，存放时间没有限制，里面的东西不会变质，换句话说，它的保质期是永远；其三，里面装的是不能食用的泡沫塑料，生产成本低，所以价格低廉，连困难户都能轻松消费。带这种礼包去做客，只需另购一份能食用的小礼品相配，组合送礼，恰到好处，达到既省钱又洋气的效果。更有意思的是，极品礼包可以无休止地转送、轮送，送出去后再重新送回来，也不必担心派不上用场。司马先生想得很周到，在外包装的拎手旁，添一个开放型敞口，内附一枚小放大镜，用它能看清楚礼包正面上的一行小字：只供观赏，请嘴休息；礼轻情重，互惠互利。另外，这个敞口里还存有一卷生产日期标记粘纸，供送礼者任意选择——这就为礼品的循环使用提供了真情诚意的诠释。

不久，司马先生成功地为"极品礼包"申请了发明专利。极品礼包一上市，就受到广大消费者的热烈欢迎。他的知名度也一下子跃升至与市长并列。

几个节日一过，司马先生到本城新生活社区作了专题调查，其结果非常振奋人心。简述如下：①居民普遍反映，过节送礼费用有较大下降，兜里的余钱比以往多了。②幸福度有所提高，具体表现在，担心送不起礼品的痛苦，全部消失；因收到的礼品过期或东西变质而引发的怨言懊恼，基本中止。③小区的儿童变得更加天真可爱，他们常常聚在一起，分两个小组赛歌。甲组唱："极品礼包送东家，送西家，送北家，送南家，送爷爷、送大妈、送大舅、送阿姨、送老师、送师傅、送上司、送朋友……"乙组唱："送啊送，礼品漂亮又大方；送啊送，赏心悦目质量高；送啊送，消费起来不心跳；送啊送，脚步匆匆不疲劳。"让大人听了，每每忍俊不禁。

只是有个小花絮，引起了司马先生的反思。他的邻居是一位职权不小的钱姓局长，这个长假，钱局长家收到那种极品礼包共有828件，除了转送，还剩下799件。后因过于占用车库，那些东西被钱局长家的保姆作为废品，出售给收破烂的，得款13.3块钱。

剪裁青春

一念之差

那天，我在公交候车亭等车，来了一位担副空筐的老汉。他依我而坐，趁候车的空档清点小塑料袋里的各式纸币。他满脸皱纹却黑发满头，口中念念有词，双眼眯起，笑意荡漾。我好奇地和他攀谈，知道他是郊区的农民，这趟是去城中菜场卖鸭蛋，卖完准备返村。

"日子过得还好吧？"我看他数钱的样子很逗，不由得问出声。

他收拢钱，眯起眼笑："行！我在家养了百来只鸭，下蛋可勤了。可都是笨鸭蛋，价钱卖得高，又不愁卖不掉。我每月进城七八次，赚足生活费喽，嘿。"

开往乡下的30路车来了，我招呼他。他上车了，还乐呵呵地朝我招手致意。我的心暖暖的，就是坐在公交车上，我仍在思量着这位幸福的黑发老农。

对了，我忘了交代我的身份了。我是本城邮电公司的邮递员，我的"辖区"里，也有一位幸福老人。差异大的是他每月都有一张高额汇款单到手，脸上很光洁，头发却全白了。我每次给白发老人送单，他总客气地为我递烟、沏茶，邀我坐坐聊聊天。他是位老革命，做过地下工作，打过仗，还去前苏联留过学。他是在五年前回故乡定居的，给他汇钱的是大西北的一个保密部门。他在此地有两个儿子一个女儿，可以说是子孙满堂，只是老伴早就走了。他说他喜欢清静，所以不和儿女们一起住，而他单位寄给他的退休金，只有他本人到邮局才可兑现，儿女们是不能代领的。

月初，白发老人又到了一张8000元的汇单，我自然及时地给他送去。进了门，却发现他家有客人。主人也不忌讳，热情地向我介绍："邮递员同志，这位是我的老乡、老同学、老朋友，哈哈。"

我定睛一看，坐在沙发上的客人是位黑发老人。我想起来了，那天在公交候车亭等车，眯眼数钱的就是他。

黑发老人也认出了我，笑道："嘿，无巧不成书，又碰面了。我是来给'白老'送鸭蛋的，他就喜欢吃我家出产的笨鸭蛋。"

我寒暄道："幸会、幸会。"心里却很纳闷，主人是位高级别的离休干部，居然有一个卖鸭蛋的农民朋友？

白发老人照例给我递烟、沏茶，还叮嘱我休息一下再走。

两人在对饮，都已喝得半醉。

白发老人："哈，如果当年你和我们一起北上，现在也可以每月收到一大笔退休金了。"

剪裁青春

黑发老人："如果，你留在村里和我一样做个农民，就没那么多风险，身上也不会有那么多伤。喜欢吃鸭蛋就自己养鸭子，不必上菜市场买，对吧？！"

白发老人："我真羡慕你呀，都70多岁了，还能养鸡、养鸭，太勤劳了哈。"

黑发老人："我也羡慕你呀，每月坐收巨额退休金，赛似神仙，嘿。"

白发老人："不过，话又说回来，这辈子，我没啥遗憾，应有的都有过了，此生足矣。"

黑发老人："我也有同样的体会。现在过日子吧，是享受，不是难受。"

我不能再待下去了，请"白老"公事公办——在收款人的"方格"里留下签名。

我乘公交的次数是很少的，所以没机会再在公交候车亭碰到那位黑发老人，再因为我去白发老人家送汇款单是每月就一次，也就很少再遇见他。不知为什么，思想闲着时，脑子里总会映现两位老人的形象，并且总是给他俩做比较，谁比谁更幸福。有时还会生出莫名的感叹：同在屋檐下，人的境遇为啥差异那么大？

五月节临近，白发老人又到了一张汇款单，是11000元。我给送去时，他淡淡地说："哈，又增加啦？！"这次，我耐不住好奇，顺着话打探黑发老人的事。

他坐着，点燃一支烟，身姿像雕塑一样凝固了。良久，他哈哈一笑，话匣子便打开了。

原来,他俩是发小。一同放过牛,同上村里的小学,还同时考进城里的中学堂。中学校长是位地下党员,自然不时给他的学生给予革命启蒙。后来,两人都参加了新四军游击队。在一次北上作战前夕,黑发老人的母亲病重,他得悉后,执意要回乡探母。这一走,他没有归队,就滞留在村里种田了。……

　　"一念之差。"我情不自禁地脱口而出。

　　"一念之差?!"白发老人重复我的话,点点头,又摇摇头。

挂在花环上的童鞋

一

仲春，燕低草长。江南荷城。古朴而又闹猛的彩凤街。

哀乐——《葬礼进行曲》的旋律，凄婉、低回。绿色玻璃瓦棚下，悬着几只做工精致、款式迥异的花圈。神色庄重、眼含哀愁的鲁子泥，抬头望了望天色，搓搓手，趑回店里。他的身前身后，左侧右翼，都置放着样式各异的花圈。他坐了下来，脸朝街面，用若有企盼的目光察视着过路行人。

来了一位中年妇女。他站起身，迎上去。他的手指朝什么地方那么一揿，哀乐戛然而止。

价格标明的。女顾客认购了三十二元和四十元的各一只，犹豫了一下，又选了一只标价为六十四元的。鲁子泥即兴介绍，他的声音从花圈之间扩散出去，一种哀的敬意和体谅他人的美意柔和在一起，富有神圣和庄重的意味。

"三十二元的那种，有十六朵白花，八朵黄花，八朵蓝花；四十元的白花有二十朵；六十四元的白花有三十二朵，全是七瓣的——不妨数一数——少一瓣半朵的，不收您的钱。"鲁子泥很流利地说出这个意思，随手提起毛笔，眼含征询，"要不要挽联，免费书写。"

女顾客点头。

他把预先备好的下端剪成燕尾状的白纸条铺在柜上，持笔书之。墨气苍莽，身手不凡。

女顾客满意地走了，却未能留下笑；他满意地收起钱款，同样不露半丝笑纹。哀乐又起，轻缓而悲壮。

二

鲁子泥三十七岁了。至今仍孑然一身。那个可诅咒的年月，带走了他所有的梦。他曾经有过的青春，贫穷而潦倒。只是有一天，他成为制作花圈和经营魂灵礼品的专家，才一跃成了彩凤街上屈指可数的富有者。现在，他是有了点钱。可还是冷若冰霜整日没有笑容。只有打了烊，关了店门，踅进里屋的工场兼卧室，他才从沉重的忧伤和浓烈的哀思里解脱出来。

当一张张彩纸经过他的巧手变成一朵朵重瓣花；当竹篾、竹条和纸花串连成一只只凹或凸的圆的花环的时候，他的汗津津的脸上才有了笑容。他学过书法，书法不曾给他带

剪裁青春

来钱；做过篾工，剖得极为精细，却难以糊口；在福利厂糊过纸盒，也不曾赚过钱。人生的辛酸尝得还不够吗……

"鲁哥！"门外有人唤。启开门，是谭老三，一个年岁和鲁子泥差不多的男子汉。老朋友，也是他的长期夜间雇工。按照合同，谭老三每天来这儿做夜工扎花圈三小时，每小时工钱为五元，超时超算。这一点不影响双方的挚诚。

谭老三在一只木板箱上坐定后，随手拿过来一只圆竹箍，问："今天生意可好？"

鲁子泥笑笑："一般，销了六只。"

谭老三啧啧嘴："不错，不错！"

鲁子泥低头不语，展开一个纸花，放在嘴边，"噗噗"吹几口气。

谭老三偏过头："告诉你一个新闻！"

"什么？"鲁子泥停住手。

谭老三挑起眉："在你店堂斜对面，发现了什么？"

"没。"

"一个美人儿。"

"做什么营生？"

"猜猜，和你唱对台戏的。"

"你明说了吧，别卖关子了。"

"专卖童鞋——宝宝鞋，幼龄儿童穿的鞋。皮的、布的、人造革的、塑料的。你还不灵市面？"

"不晓得，只觉得那斜对面似乎闹猛起来了。"

"那娘子长得真是俏极了。"谭老三点燃一支烟，又掷

75

过去一支,"你见过面,就会知道她真的是天仙一般。"

鲁子泥望着他,不语。

"可惜啊,她是个寡妇。"

"嗬,你别再说了……"

"鲁哥,你不觉得有意思么?"

"有什么意思?"

"一个是专为新生儿服务的,一个是专为逝者效劳的。"谭老三瞅了鲁子泥一眼,"一个是花容月貌,一个是财大气粗;一个是寡妇,一个是老光棍。啊哈嗬咿,真有意思!"

"别嚼舌头了。否则我要扣你的工钱了。快干!"

默然。

鲁子泥突然想起了什么,皱眉:"老三,你儿子快两岁了吧?"

谭老三作嬉皮笑脸状:"承蒙不忘。还有半个月,怎么样,你准备买点什么礼物给你的大侄子?"

鲁子泥用小竹棒在谭老三背脊上敲了两下:"你今天怎么啦,话这样多?哼!"

三

花圈店斜对面开设童鞋店,新闻!

"你要买这种鞋?好的,我给你拿。"她轻盈地走过来,笑容可掬。

"慢走啊。"她送走一位顾客。

剪裁青春

又来了一位顾客,她笑脸相迎。这少妇真是有魅力。身材婀娜,肤色白皙,眼神脉脉含情,线条分明的嘴角微翘,洁齿。丰腴而妩媚。更使人难忘的是她的微笑,淡淡地,典雅而庄重,富有神韵。她的名字叫温婉,三十五六岁。外表却要年轻得多。她在彩凤街租赁到临街的店面,并且在花圈店的斜对面。她从前每次走在彩凤街,路过花圈店的时候,似乎总被店堂里荡漾出来的哀乐所感动,以致脚步放慢。至于那个男店主的那种神圣的神甫般的脸色,似乎对她有某种吸引。

温婉,这个江南女子怎么会想到要做童鞋生意的呢?她曾是天涯的一只小船。在大西北插队那阵子,她有过一个男人,后来离了。那不是男人,只能算畜生!当她生命的小船返回故乡的河湾时,她又燃起生活的希望。她还有一个亲人——女儿茵子。她女儿聪明、漂亮,才四周岁,心肝宝贝,也是她的希望和寄托。这一天,是茵子的生日。温婉给她买了一双新鞋——鲜红色的不大不小,正好合脚。茵子真是高兴得不得了。跳啊蹦啊唱啊,一刻也不停。那时候,温婉在一家丝厂做活,下班回家,看见茵子穿的新鞋上粘有一片污泥。她说:"小茵子,你怎么把新鞋弄脏了,妈不喜欢囡囡了。"小茵子提起脚,看了看,发现左脚鞋帮上真的有一块污泥。她自己也不知道是什么时候在什么地方弄脏的。茵子的眼里噙着泪水,可怜巴巴地望着妈妈。而温婉却一点也不在意刚才那句开玩笑的话,是怎样地震动了幼女的脆弱而敏感的心。当温婉把晚餐准备完毕,发现茵子不在身边,连喊几声，也没有回应。天渐渐黑了下来。她在河埠头的青石板级上，发现了一只鲜红的童鞋。却不见了女儿。翌日，人们在市河的下游，看见一个小孩子的尸体随波漂浮。是茵子！她一定是在石阶上洗鞋不慎失足落水的。温婉顿足捶胸地哭死过去。目睹者无不为之潸然泪下……

温婉喜欢给邻居的新生儿做鞋。每逢女儿的忌日，她总要在茵子的墓前，供上一双童鞋。这是一个不幸的弱女子绵绵不绝的歉疚，一个不幸的年轻妈妈的悠悠无尽的怀念。

就是这个缘故，温婉特别喜欢童鞋，也是这个缘故，她后来居然辞去了工厂的"铁饭碗"，专注地做起童鞋生意来。在这些花式各异的童鞋中间，她似乎又找到了爱女的影子；她沉重的苦思和遗憾之情得以稀释。

四

谭老三这家伙虽然有了老婆、孩子，仍旧不改这种"嗜好"，一见到漂亮一点的女同胞就死皮赖脸地凑过去，讲一些讨好对方的花里胡哨的话，或吹一通"牛皮"，以博一笑，心里头倒也不存什么邪念。

真有两下！他和温婉"黏"上了。"温妹子，你瞧我这身猎装漂亮不？"这一天，谭老三不无目的地招呼温婉。温婉正在收钱，抬头一看，噗嗤一声笑出声来。原来这身猎装倒挺精神的，只是那亮闪闪的铜纽扣扣错了一个扣眼。

谭老三依在柜台上，端详着温婉，全不在意自己"扁鼻、小眼、大嘴"的尊容会引起对方的什么感受。"温妹子，你人漂亮，身段苗条，去当服装模特儿或者人体模特儿，肯定能赚大钱。"谭老三看着温婉，眼皮有点发黏，很唐突地试探她的经历。

温婉却不理睬这句话，朝小街斜对面瞟了一眼："你经常去那爿花圈店？"

"何止是常去，店老板是我的朋友！"他不无骄傲地说。

温婉用洁白的牙齿咬断一根塑料包扎线，问"店老板叫鲁子泥？"

谭老三的手往大腿上一拍："嘀嘀，你怎么会知道他的大名？"

她漫不经心地问："你怎么和他认识的？"

"这个嘛……"他显然在卖关子。

"我告诉你……不过请你给我一杯茶。"

茶，冒着水气；茶叶在杯里扩张绿色……"要说鲁子泥，他可是个少有的好人；那一年……"谭老三捏了捏自己的扁鼻子，神情瞬间就变了，变成了一个少有的敦厚笃实的人了。

那一年，谭老三有了个女朋友，他十分需要钱。便去小偷小摸，被人发现。从后面追，他被逮住了。被窃去外衣的主人的拳头像铁榔头。谭老三直喊救命。这时，鲁子泥正好路过此地。他刚从狱中被释放回来，挥拳相助。鲁子泥驮着谭老三到了彩凤街上。谭老三脸青鼻紫，伤势很重。当他被一个陌生青年背到一个阴暗的陋室时，竟下意识地颤抖起来："饶……饶命！"

鲁子泥沏了一杯茶。谭老三如实地说出了挨打的缘由。鲁子泥把茶水泼在地下，攥紧拳头，朝"偷衣贼"挥将下去。拳头在半空顿住了。他看到了一双匿有痛苦、歉疚，绝望的不忍相望的眼眸。他垂下手……谭老三泣不成声。鲁子泥咬咬牙，像是在告诫，又像是自勉："人，活在世上要有硬气呀！"他俩后来就成了莫逆之交。谭老三从此堂堂正正做人，在一家专作金属冷加工的钣金厂当撑锤工，娶了老婆，生了儿子，几年来安分守己，不闯闲祸。至于夜间被雇用扎花圈，还是近二三年的事。他为此确也增加了一笔可观的收入。

"但是话又得说回来。鲁子泥他够朋友，我也讲义气。他开的花圈礼品店，还是我出的点子。他现在可有钱了，银行里少说也有这个数。"他伸出右手，五指叉开，很有气魄地朝前挺了一挺。

温婉的眼眶湿漉漉的，渴望再听下去。

"请把这双鞋拿出来看看。"来了一位银须老翁。

温婉从痴痴的恍惚中醒悟过来："喔，好的。我马上给您老拿出来。"

谭老三又得到了一种满足，又似乎被感染了一些什么。他解下猎装的铜纽扣，又一一扣上。他心想，这个漂亮女子似乎应该和鲁子泥有缘分。

五

温婉笑吟吟地接待顾客。突然，她的笑脸遽变。鲁子泥来了。来这里买童鞋的男性，大凡是做爸爸或者爷爷、外公什么的。他来干什么？少顷，她眼眸里的慌乱顿失，变得异常冷峻。"我买这双鞋，"鲁子泥脸上没有笑。指了指一种紫红色的春秋鞋，玖元伍角一双。是做工较细，价钱也比较高的布帮皮底鞋，大小可给二三周岁的幼儿穿。

她没有言语，也没有笑。默默地把鞋拿出来。他查看后点头，她低头包扎。

又一天，温婉匆匆走进花圈店。鲁子泥看见来者是她，愕然，连忙站起身。他尽可能露出高兴的表情："你……"她的目光避开他的目光，浏览塞满花圈的小店堂。"这种花圈要什么价？"她的手指了指那种中型的双叠花样式。他没有直接答话，只是用忧郁的眼神启示她：定价卡片藏在花圈下端。她会意，看清楚了，脸一红。她付钱，欲走。

"等等……"他喊住她，他想问问她，要不要书写挽联，免费提供服务。不过，他终究没说出这个意思，他揿了一下录音机的按钮。哀乐响起……

几天以后，温婉和鲁子泥坐在凯歌咖啡店的一隅。他们一起出席了荷城个体劳动者协会成立大会。她还当选为理事。散会的时候，她和他无意中走在一起。她有邀他一唔的神色，他也有响应的表示，不约而同地走进店里。

她凝望着他:"这些年,你可好?……"

他笑得很苍凉:"好……刚才我可投了你一票!"

她的目光依旧没离开他:"那费心了。其实,我把这些看得很淡。"

他低头用小勺去拨动小碟里的冰淇淋。

她秀丽的眉睫挑起泪:"我……我对不住你,我没有能等……都说你早已不在人世了……"

他的嘴角抽搐了一下:"过去的事让它过去,过去的事别……别说了!"

他站起身,到柜上付了钱,把找回的硬币,一枚一枚地小心翼翼地放进衣兜里。

他似乎有点醉了,摇摇摆摆地走出咖啡店,摇摇摆摆地消失在人群里。

六

鲁子泥过去是那么关心社会,关心周围的人。把"理想"称为"夜行者的灯火"。现在,他只关心花圈。他数钱的习惯,是点了几张,就把右手的食指往舌头上一蘸,眸子里似有火光熠烁。重要的是怎么能赚钱,更重要的是赚钱的手段的合法性!这恐怕是他这几年累积下来的苦涩的却是极实惠的体验。

天色已晚,鲁子泥打了烊。他把人民币清点完毕,将大面值的装进一只黑色小匣,上了锁。他提着小匣正要朝里屋走，听到门外有衣衫悉索的声音。

一个人影在门外。"谁？"他把头贴在窗玻璃上。

门外的人影发出沉重的叹息："我。"他启开门，是温婉。

"你？"进来坐坐吧。"他似乎下了很大的决心。

"鲁……好吧。"她似乎也下了很大的决心，从手提包里拿出两双童鞋、一双绿面子的，一双红面子的，"新进的货。就送给谭老三吧，他儿子……"

他摆弄了一下童鞋，笑笑："这两双鞋样式倒很新鲜的，要你破费了。"

相视着，对坐。两双眸子，含着无限的端详和关切。对视着，双方都在寻觅往昔的印象。临街的噪声已经淡去。身前身后，是尚未售出的花圈。

……大西北，修地球。那一年春上的夜晚，二十岁的温婉的小柴门被一个不速之客撞开了。是鲁子泥，她梦绕神牵的密友兼恋人。他和她一起自荷城千里迢迢来此地插队，落户在同个县，相隔几十里路。她倒在他的怀里："这些日子，你在干什么？不见你的踪影，也不见你的信。"他显得很疲倦，很渴，找水喝。喝足水，他说："今夜你去老乡家搭个铺，我要借宿在这儿。""发生了什么事？你得告诉我"她勾住了他的脖子央求。他不语、他卷入了一个政治漩涡。他被追捕着。"温婉……你放心，我做的事全是正直的中国人应该做的事。"

她啜泣:"我一出去借铺,不就扩大了目标?""可这儿……"他的目光环视四周,粗糙的大手从衣兜里摸出一包团皱的香烟。一张床,一条薄被。窗外有月光。她忘情地把自己的身子贴紧他:"我想你……你别走,我也不走……我的身子迟早是归你的……"翌日天没亮。鲁子泥就悄悄地走了,一走便是八年。

她等他、外面有传言:鲁子泥因攻击"红太阳"而被秘密处决了,云云。

她绝望了。她投河,了却吧,忧郁的青春!又被公社新上任的戴书记救上岸。当夜,身强力壮的戴书记以救命恩人的身份,强行占有了她的肉体,并十二分虔诚地向她求爱。她被迫嫁给戴。她的小腹渐渐隆起,有孕了。戴书记却在外面肆无忌惮地搞女人,昼夜不归。当他荣升为县革委会副主任时,和歌舞样板团的一名风流女演员勾搭上了,掷给自己的妻子一张离婚证书。她再度成了孤独的人。她不想死,她的肉身分离出一个小生命,是个女孩。这就是她的心肝宝贝茵子!在那段知青回城的岁月中,她带着小茵,带着"寡妇"的名声,风尘仆仆返回荷城……

鲁子泥,沉默。一个成熟的坚强的男子汉的沉默,带着浓烈的人体气息的呼吸,在她身边萦绕。温婉,沉默。一个成熟的不够坚强的女性的沉默,带着那种特富有魅力的呼吸,在他身边萦绕。过去,无须再解释了;今天也无须再表白什么。她终于扑在他宽阔的胸脯上。她的手颤栗,抚摸着他坚强的肩胛。他抓着她的手。她的手依然富有记忆里的那种让人酥心的柔软和弹性。他的嘴唇去凑她的嘴唇。她的嘴唇依然富有记忆里的那种让人忘忧消烦的温馨。他的舌头拨动她的舌头,双方都发出"咿、哦、嗯"的叹音。

夜,静极了,还等什么?他在人生痛苦的飘零中不是由于记忆中尚存温婉的倩影才变得那么耐得住苦难的煎熬?他只身重返荷城,不正是为了寻觅温婉的爱?他不是有过许多由于身旁没有温婉而使夜变得漫长而遗憾?只是自从他经营花圈生意,开始有大笔大笔的钱款进账后,才冲淡了那种精神上的渴求,才使得他想起心中那个情人的倩影时似有薄雾遮隔。

此刻,那个久被压抑的欲望像火一样燃烧。他忘情地解开她的上衣纽扣,抚摸她依然丰满圆滑的身体……温婉轻轻地说:"你看,这是什么?"鲁子泥一愣,顺着她手指处望去。是什么?不就是花圈吗?是的,是花圈。那是哀的礼品。

"这是什么地方,你怎么可以……"她趁他怔怔之隙,拔出身子,理了理有点紊乱的鬓发,走近录音机,手一揿,又有哀乐播出。

她站了起来:"夜已晚……明天见。"

他也站起身:"是的,晚了,明天见。"

她悄然地款款地走出花圈店。

估计她已走远,鲁子泥关上店门。他打开小黑匣的锁,用手蘸口水清点了一遍。末了,他夹着小钱匣,熄了殿堂里的灯,摸进里屋。他和衣躺在床上,满脑子叠加着和温婉温存的情景。睡不着了。他从皮箱里掏出一大叠钱点起数来。数着数着,睡意莅临了。

七

鲁子泥草草吃了晚饭,来到花圈工场。

他左手的食指用白纱布包裹着。昨天他为了赶制花圈,剖竹不慎伤着了手。巧手失去了往日的灵捷。他再没有心思哼流行歌曲了。他的眉头紧蹙,只等谭老三快点来帮忙。

谭老三来了,脸通红通红,一挨近就可以嗅到浓重的酒气。

"嗨,你来了,我要和你说。"鲁子泥把希望的目光投向他的"雇员"。

谭老三递过一支"红牡丹",噗地揿燃液体打火机:"我……我要和你说,鲁哥,今晚我得请假。"原来,谭老三所在的那家厂子,为了完成一项紧急外来加工任务,从今晚起,规定每人每天得加班四小时,当然厂方所付的加班费是很丰厚的。

鲁子泥猛吸香烟:"你老兄,简直是插我的蜡烛。怎么样,以前的定钱不变,你们厂里的'加班费',我双倍付给你。"

谭老三着实为难了:"我不是'铜细心',这点钱,我不在乎。但是,鲁哥,我总不能老给人家一个落后的印象。那加工的事，关系到厂里的信誉，大家都在忙乎，我是撑大锤的，有我干的活，我……再说，你怎么会在乎一两个晚上呢？"

"你不知道吧，谭老三……"鲁子泥把半截香烟揿灭，"昨天，有人向我定购十五只花圈，据说死了个大人物。我答应明天交货，我的手又受了伤。……"

这是个信誉问题吧。他是为了小店的信誉。具体地说是为了她。他是因为有了这爿小店才变得有价值的。

谭老三因为爱莫能助而待在一旁。他撩起袖管，看了看手表，突然想到什么，把嘴凑近鲁子泥的耳边。谭老三几天前去灵安公墓祭祖，他向鲁子泥耳语的就是他那天的见闻以及眼下应急的打算。

鲁子泥闻声跳了起来，猛地推开谭老三："你，你他妈的不是人，混蛋！"

谭老三被唬怕了："我不过是随便一说，主意你自己拿。请你准我一次假，包涵、包涵吧。"他抱拳拜之，叽哩咕噜地走了。

只剩下鲁子泥一个人。他咬咬牙，又忙开了。但是这只受伤的手指委实太碍事了，他深深地叹了一口气。谭老三刚才对他耳语的那番话，又在他的耳畔嗡嗡作响。他不得不重新考虑谭老三的建议。

八

温婉把里里外外的事做了一段落，已是晚上七点钟了。

近来，她的情绪变得有点缠绵。她心底的爱复苏了。寂寞的滋味实在太难。自从回荷城后，向她求爱的人不少于一打，都被她一一谢绝了，她忘不了鲁子泥。后来，她在彩凤街的花圈店里发现了这个尚在人世的鲁子泥，由于吃不准他的情况，也没有贸然去找他。谭老三多次的试探，使她慢慢拨开迷雾。直至那天鲁子泥寻她纯属疯狂的爱之表白，才使她觉得这一切并非梦并非幻觉。去找这个该死的鲁子泥，问问他，说说清楚。如果真心爱，如果还有爱，明天就去办结婚登记手续。把童鞋和花圈连在一起，把"生的"和"死的"店合在一起。生和死，本来就连在一起的。这世界，就是生生死死，死死生生，才连绵不绝。

她对着镜子，镜子里的温婉仍不失青春风韵，就是脸上的忧思稍微明显了一点。她勉励自己笑一笑。她笑了，她的脸上果真有了温煦的阳光。她记起从一张晚报上看到一篇题为《美容术》的小文章。方法挺简单，叫"热敷"处理法。就是在会客前，用热毛巾敷在脸上，少顷拿下，脸上再涂上油脂。她试了一下，灵！

她容光焕发地出了家门。走在彩凤街上，微风习习，行人匆匆。路灯，橙黄色的，爱的颜色。

有辆自行车，打着铃，从她身边急驶而过。她眼睛一亮，那人的背影不是鲁子泥？她想即刻喊住他，又怕弄错了人。算了吧，他的住处——花圈店就在前面不远处。

店门半掩着，温婉还是勾起手指叩门："鲁子泥，鲁子泥在家吗？"

剪裁青春

"谁?"鲁子泥把脸贴在窗玻璃上,"是温……温婉,进来吧。"

温婉走了进去。由于里屋也亮着灯,她便径直走进里屋。这是一个花圈加工场,一个制作哀思的地方。她的目光在四处扫视,觉得十分新鲜,又十分的亲昵。

鲁子泥有点气喘,浑身上下,很有点风尘仆仆的样子。他给她沏茶:"你来了,我、我正要去找你呢。"

"你从什么地方来?"温婉接过茶杯,抚慰的目光在他的脸上盘桓。

鲁子泥点燃一支烟,手指尖有点儿颤抖:"没、没去什么地方。"

那辆蒙满尘土的单骑搁在墙西侧,书包架上缚有一堆东西,有点儿触目。

"那是什么?"她的目光投掷过去。是花圈!走近看,顿生疑惑:这些花圈不是新制的,似乎有点陈旧,有的业已变形,有的缺花少叶,有的还露出半截飘带。

"这、这些东西……"她的目光似有所问,注视他。

他耐不住她火辣辣的凝视,垂下眼帘,说:"这批花圈质量有些问题,需要重新修作一番。"

"嗬!"她松了口气,"来,我不知道能不能做做你的帮手。"说着,她便擅自去解那堆花圈上的绳索。

鲁子泥忙上前阻挡:"不必了,你歇歇,你喝茶呀,我还要和你商量一件大事,你和我的事,就不要再拖……"

突然,温婉的手摸到一只鞋,一只小巧的鞋,又发现了一只。这双夹在花圈里的童鞋上都绣有一对鸳鸯。红帮面，绿丝线。她不语，眼睫合拢，泪流满面。她有点站不稳。胸脯激烈地起伏。她终于哭出来："茵子，小茵子，我的心肝宝贝，我的小茵子啊……"

他赶紧去扶她："你，你怎么啦？"她的态度太令人费解，太吓人。他的身子也不由得打起颤来。

温婉哭了一阵，很快就止住了。她取下那双用绳系在花圈上的童鞋，放在唇边吻着、吻着。"鲁子泥，你去灵安墓地了。"她挑起眼皮，唐突而淡然地问。

他颤栗了一下，视线接触到她手里的这双童鞋，思绪交织。他蓦地醒悟到了什么，浑身发抖，半跪在温婉膝下："原谅我，温婉，原谅我，温婉。这一切都是为了你……结婚需要钱，我们穷的时间太长了，我……要做些花圈，那都是为了你，请你相信，请你原谅……"

原来，鲁子泥接受了谭老三的建议，去灵安公墓悄悄地"偷"了十几只墓前的旧花圈，无意中把温婉前些天献给爱女茵子的花圈也给"偷"来了。

温婉留下童鞋，却没有留下话。她走了，那棱角分明的嘴边，挂着惨淡的笑。

鲁子泥抱住童鞋，嚎啕："我的天哪，我的天哪，我可不是有意的呀……"

九

翌日,彩凤街上那爿童鞋店迁址了。

在那条古朴的闹猛的小街,人们再也看不见卖童鞋的女子那匆忙的步履和她娇美得多少有点凄婉的笑影。不久,人们又发现,那爿花圈礼品店门面扩大了,营业时也不再播放哀乐。店堂里新添了一位描眉毛、搽口红的非常年轻的时髦女郎。据悉,这位如花似玉的少女是店老板用高薪聘请来的雇员。

录音机在播放流行歌曲。在粗犷的节奏感很强的音律中,满面春风的鲁子泥一面做生意,一面和漂亮的女雇员调笑。没出几个月,他俩的关系就升级了……

宝黛招牌店简史

彩凤街，有爿名不见经传的招牌店

坐落在古运河岸的荷市，是江南著名的鱼米之乡、丝绸府，拥有十五万城市居民。大街小巷商店林立。各家店名，煞是惹眼。平面字，浮雕字，立体字；或正书，或行草，或篆隶；横置的，竖写的，斜设的，唐风汉气，千姿百态，争光夺彩。

商家若从经济体制上分，那是另一种韵味。看看那些店名带"新"字的，诸如：立新、树新、振新、迎新、创新、时新、益新，等等，均属国营商店。而与"红字"结缘的，诸如：红湖、红峰、红星、红霞、红薇、红梅、红波、红晖，等等，乃是集体商店。

最近，一爿爿新店竞相开张。有经营食品糕点、糖酒烟茶、南北土产、百货时装；有包修电器、雨具、车辆、塑品、拉链、钢笔；还有理发美容、画像摄影、装潢裁剪、殡礼服务、搬家服务，应有尽有。店名多用"春"字开头，诸如：春晓、春燕、春风、春雨、春水、春勤、春富、春花，不一而足。那尽是些新挂招牌的个体户。在招牌名称上，这些个体户的那种兴高采烈的意气、如鱼得水的感触和久违春季的心情，可见一斑。

在古朴又不失闹猛的彩凤街，有一爿虽是老字号却名不见经传的个体招牌店。门面不讲究装饰，也不挂招牌，却很有招徕生意的魅力。

这是一栋带阁楼的老式民房，一弯单薄的围墙，框住了一个植有四季花卉的小天地。临街有五扇雕花排窗，门是对半开，委实像老百姓的居处。这其实算不上店，因为这儿不出售商品，它只出售业已干燥的化成了字体的油漆，出售艺术和体力的混合物。

店主魏德佑，年近六旬。人称魏老板。称他老板，倒不是缘于他拥有多少厚实的经济资本，而是对他老是和木板打交道，并且和木板打交道的时候老是板起面孔的一种戏言。

这爿招牌店，只限于接洽"内勤"活计，就是说，只限于在室内描绘加工悬挂式的木质招牌。字体只限于仿宋体。至于出自名家或著名人士的书法真迹，也愿意临摹仿制。魏老板写的仿宋体，可以达到这样的娴熟：横撇直捺无须尺，上下左右无须格。一笔准，一笔清。他的字，布局潇洒，造型大方，或凝重，或端庄，或清丽，或秀逸，那要根据用户的名称来定夺。像钢厂的那块招牌，采用等线体，横竖一般粗，笔笔像钢锭。而酒厂的招牌字就丰婉柔润得很，连点都呈滴水状。他的仿宋体似有另一种韵味，书法味甚浓，非一般习字者可比之。可见他的功夫深厚，造诣非同寻常。

魏老板写过多少招牌，那是很难统计清楚的。但是，在"红海洋"期间，他吃不上也不愿吃招牌饭，那个时期是个空白。他写的招牌，散见于幼儿园、中小学、医院、工厂、公司。荷市人民政府的黑字招牌和荷市文学艺术联合会的红字招牌，都出自他的手。

可是，他的店尚没有正式的店名，并且也不挂招牌。这件事，他还没有考虑周全。连他的得力助手、二十三岁的似花如玉又聪慧过人的女儿魏宝黛，也没有觉得暂时没有店名和不挂招牌有什么碍事。

魏宝黛，魏老板的招牌

在彩风街，比魏德佑名气更大、更有魅力的是他的女儿魏宝黛。这个娉娉婷婷的姑娘，细皮嫩肉，瓜子脸型，柳叶秀眉下，是一汪泛着涟漪的碧水。春夏秋冬，她都把秀发挽成云山似的髻，更显得秀额的明净和脖颈的粉雕玉琢。这种发式，既是职业上的需要，也是她最可心的梳妆。十二分的鲜丽，十二分的伶俐：不失现代的摩登，又蕴涵古雅的风韵。以致走在路上，总免不了引起路人的顾盼。

小时候，她便听阿爸讲黛玉葬花、宝玉哭灵的故事。不理会，不介意。十五岁那年，她私下买了套新版《红楼梦》，读完了，才对自己的名字思索起来。宝玉和黛玉，终不能成眷属，使得多少人潸然泪下，阿爸为什么硬要把这对冤家凑在一起，作为自己的名字。她想问，终不忍心问。当她看到他满是皱纹、很少有欢乐的脸和树皮似的老是忙不休的手，便再也问不出口。她想，阿爸的内心深处，一定有难以愈合的伤痕，这是可以想象的。这种创伤一定和书法、油漆、仿宋字、刻骨铭心的爱有关系。她感到纳闷的是，阿爸刮平了多少招牌，为什么就抹不平心灵的坎坷？这种悬念，使得这个江南女子的情愫，多一种深沉。她的容光焕发的青春的脸上，有时会突如其来地闪出坚毅的又犹如伤感的情思。

三年前，眼看招牌生意的黄金时期悄然而至，这位具有高中文化水平的女挡车工，毅然放下"国营绸厂"的铁饭碗，回家担任阿爸的助手。她哪件活计都会做！她上的漆，挺括、坚牢、光亮；她写的字，金钩银挑，简直可以和魏老板的书艺媲美。她的美貌，她的伶俐，她的孝顺，她的干练，便是魏老板心的安慰，也是他的一块金字招牌。

这爿小店，当五扇排窗打开，就有一股淡淡的悠悠的油漆味飘出来，飘出来的还有类似于花香、类似于永芳护肤霜和霞飞香波的温馨气息。总有些熟识的、刚结识的、不相识的小伙子有意无意地在窗前徜徉。光线被遮挡，这是常有的事。这时，宝黛会举起油漆刷，毫不客气地驱逐："喂，这里不需要警卫。"这些小伙子会很识相地溜之大吉，效果好得可以。

也有例外的。这是初夏里的一个早晨，窗玻璃染上玫瑰色，宝黛正低头给一块新招牌上第二道字漆。突然，她从眼角发觉窗外又有一个"青年警卫"，便掷过去那句"驱逐"话，连眼皮都没有抬起来。

没有反应。她举起油漆笔，直奔窗前："你的耳朵是不是……"是个陌生的小伙子，他正在用忧郁而专注的眼神望着她。不知怎么的，她没有把那个不客气的"聋"字说出口。

"我……我随便看看，难道、难道不可以？"窗外的声音是轻轻的，谦蔼的，带有征询的恭敬。他的肩上背了个草绿色的画夹，时兴的大鬓角长发有点紊乱，白净的很韶秀的脸，若不细看会使人误认为他是女性。他身上那件质地较厚的大领衬衫，是玄色的，仔细看，会发觉上面粘有不少污迹，胸袋上插着两支一粗一细的铅笔。

宝黛的油漆笔在空中定格，没有前伸，继而便悄然回到原位填字。她想他准是个"流浪画家"，她判断着。她好像在哪里见到过这个青年汉子。她极力地搜索往日的印象。对了，是这一天——她买漆途经大通桥，在桥堍，有一架画夹吸引了她的视线。画面是古老的石拱桥，看不出有特别的画技。她掉头回走的时候，正巧和匆匆而至的画画人碰个满怀。他手里的洗笔用的小水桶晃出一滩水，湿了她的裤腿和鞋袜。他连忙道歉，她却莞尔一笑。他朝她凝视，她受不了，掉头疾走……是他。不过，现在他来此有何贵干？她这样遐想着，不注意把招牌上那个"一"字的下限填出了格，不由得暗暗叫苦。

剪裁青春

一块招牌，六易其名

"哎哟哟，哎哟哟……"魏老板从里屋走出来，看见那个"一"字粗过了头，连连责怪起来："看你，看你，心猿意马的，开什么小差？！这个'一'字就该秀气点儿！"

这是个瘦骨嶙峋的很有点儒雅气质的老人，背脊微驼，头发半白。那双蒙着疑虑神韵的眼眸，像两口深不见底的古井。

宝黛的小嘴撅起："阿爸，看你急的，我又不是故意的，我把它抹得秀气点儿就是了。"

"是得好好抹改、抹改，信誉问题嘛，质量第一嘛。到时候，砸了自己的招牌，后悔迟矣！"

"嗯，阿爸说的有理哟。"宝黛朝魏老板扮了个鬼脸，朝窗口瞄去，已不见那小伙子的影儿，不由得舒了一口气。

"好了，干活吧。"魏德佑和蔼地朝女儿笑笑，手持一把刮刀，给一块白坯牌子上油灰。他额头的皱纹里嵌满汗水，那只老树根似的手，同样的汗津津。他在致力于一种特殊的力度很强的"书法"。富有弹性的牛角刮刀，一起一落，于是，板面上的坑点和沟痕一一被抹平了。

傍晚时分，在荷市燃料化学工业公司任总务的郑伯寒，捎了一块大招牌，呼哧呼哧地走进来。

"请坐。"宝黛姑娘转眼变成公关小姐，很殷勤地迎上去，接过大招牌。接着沏茶，递烟，打开电扇，嗡嗡的声波便扩散开来。

魏老板从里厢出来，老式礼节，拱手作揖："稀客，稀客。"

"喏！"郑伯寒朝身旁的大招牌偏偏头，意在不言中。这是一块长六尺、宽一尺、厚半寸的独块杉木板，四角嵌有铜钉，上端是铜包角和铜钩。

魏老板双手托起招牌，脸上的皱纹在微微颤动。他一眼就认出是这块老板，他熟悉它。这是白坯的时候，这块杉木板充分显露出美丽而简洁的木纹。"荷县奇煤指挥部"是它的第一个牌名，第二次易名为"荷县煤炭工业局"，后又改名为"荷县重工业局"，第四次易名为"荷县燃料化学工业局"，第五次又易名为"荷市燃料化学工业局"。这次又得把"局"字易为"公司"。

"又要打搅了。"郑伯寒不免有点难堪。

"哪里，哪里。"魏老板呶呶寒暄，"又要换个新名字了。"他的心底不由得滋生出一丝类似于苦涩的忧虑。记得前一次的易名是在五个月前，开的工价是五十二元。他的神情里有几分迷惘，近似痴怔的脸庞俨然像一块木板。

"上司催得很紧。"郑伯寒一本正经地说，"再过一个礼拜就要挂牌。"

魏老板脸露难色："时间要求这么紧。你也许知道，敝店眼下的活很多。"

郑伯寒非常殷勤地掏出一支"红塔山"，递给魏老板，"噗"地撳着打火机，凑近魏老板："知道知道。改革之年嘛，就是要变名称，就通融一次吧。有什么需要我效力的，请尽管吩咐。"又朝宝黛瞟瞟："真是女大十八变。宝黛长得越发漂亮了。你需要我帮助买些什么？最近本公司经营部到了一种家庭用的红外线热水淋浴器，安装方便，洗起来可舒服了，价格也公道，我能搞到优惠券，怎么样？天已经热了……"

宝黛一听这话，有点兴趣，因为她也从报上读到这种新玩意的介绍文章，想买一台试试，就颇有气魄地对郑伯寒说："好，这就谢谢郑伯父了。一言为定，我等您的优惠券——至于这招牌的事就不要犯愁了，我阿爸会给您想办法的。"扭头对魏德佑说："阿爸，你说是不是？！"

魏老板只好笑道："让我尽力安排、安排。"

郑伯寒见事已办妥，也便端坐品茶不作声了。他静静地打量着这个充作工作室的老式起居间。各式招牌，让人目不暇接。油漆干的和未干的，未上油漆和未填字的。临窗的一排业已完工，只待客户前来提取。长的、短的、玻璃垫板形的，还有双宝素盒子那般小的微型牌。一律的仿宋体，这种字体是最醒目、最庄重不过的。他反剪着手在招牌的空廊里转着圈。

郑伯寒此刻的心情真是感慨良多。他也曾经像这些仿宋字一样，庄重得很。政府机关干部嘛。平日里他虽然是张和蔼面孔，但心里是有点倨傲的。特别是对那些小商小贩更是有点儿不屑一顾。现在可好，人们讲究实惠，有钱就能办事。那些个体户一个个腰包塞得满满的，说起话来都中气很足。他郑伯寒是三十多年的老机关了，虽然近年来连连加了几级工资，七八样的津贴加在一起，月收入不过五百多块钱。可不，你这个魏德佑，过去谁看得上眼？！现在还不是要笑脸巴结他，还得想出点儿心计来对付。他也曾想弃"官"经商，细思又觉得不划算，一则是快退休了，另则到底还有点留恋和看重"政府机关干部"的名声，只是那种优越感似乎越来越淡薄了。不过，他把选择儿媳的视线已放在那些个体富裕户的圈子里。这个宝黛好漂亮、好能干，要是他在市立图书馆当管理员的次子郑晓瑜能娶到她，真是他八辈子的福分。

突然，他的眼睛一亮。他前方的板壁上，悬着一件墨迹未干的书法条幅。"春华秋实"四个行书大字潇潇洒洒，娟秀中见锋棱，清丽间含浑朴。郑伯寒对字画颇有鉴赏之力，他不由得从内心喊出一声："好字！"

魏老板心里咯噔一下。待悟出郑伯寒的所指，暗暗怪宝黛的粗疏之举。

"高手为何人？"郑伯寒大有逼问的严厉。

魏德佑只好实情相告："是拙女的拙笔，请伯寒兄指教。"

"了不得，不得了。"郑伯寒惊喜溢于言表，"怎么样，这第六次所易之名，就用这种字体。宝黛姑娘的字会给我们公司带来财气的。"

宝黛站在一旁，用挑战的眼神看看郑伯寒，又看看魏德佑。这些违悖家训的"显山露水"，当然不是她的疏忽，而是她蓄谋已久的大略。

剪裁青春

魏老板一再推脱:"我想,还是宋体来得好,又清楚,又大方,又……"

郑伯寒此刻对魏老板的话越发听不进去。想不到这宝黛姑娘还真外秀又内秀,实在难得,就越发喜欢她。他响响亮亮地说:"还请通融一次。要宝黛的字,定了。工钱可以比'仿宋'的高一些。"话说到这里,他便匆匆告辞了。

魏宝黛的书法功夫,冰冻三尺,非一日之寒。那间小阁楼,是她的卧室兼习字室。七岁时,她便跟阿爸习字练笔,酷热严寒,从不间断。虽然,她在学校读书的那段岁月,是不讲究、不注重书法的,但她在校园里还是很有点小名气;进了绸厂当了挡车工,根本用不上书法,可她阿爸仍要她业余时舞笔弄墨,说书法可以养性,还有利于健康,云云。正式当阿爸的助手,给白坯上初道油漆时,不需顺势的,她持着油漆刷,潇潇洒洒挥下去,自是一种手力。这些年来,她的书法更见长足的进步,可是,在写招牌的时候,魏德祐坚决主张用仿宋体,不许女儿突破一二。

仿宋字不是说出来的。确切地讲是"做"出来的。是不是魏老板的脑子里有种潜意识,以为"仿造""模拟""复写""临摹"的东西比较保险;会不会以为由于不是标新,也就没有立异之险,那就不得而知矣。前阵子,女儿曾异想天开地问:"我们的招牌字,是不是可以改一改清一色的字体,来一点正、行、草、隶,任客户选择?"魏老板回答了一句似乎是经过深思熟虑的话:"你想想,你订阅的杂志,你喜欢读的那些小说,书里的文章和故事,无不全是由地地道道的仿宋字组成的。"说得不邪乎,似乎还蛮有说服力的。

可是,第二天,当宝黛大笔挥舞,一气书成潇洒自如的行书"荷市燃料化学工业公司"十个字的时候,他愣住了。多么像自己的手书啊。这可是上乘的书法艺术,出自还只有二十三岁的姑娘的纤纤之手,这姑娘是自己的女儿呵。想到这里,他的眼角湿润起来。

他把宝黛叫到身边:"下不为例!"

"这又为什么?"宝黛凝睇着他。

"不为什么……"魏老板的话变得期期艾艾起来。

魏老板的字和他伤感的罗曼史

二十七年前,魏德佑在荷县油漆社工作,专事招牌油漆活计。这一年,正值闻名遐迩的甄老大粽子店迁址。新楼落成,独缺招牌。这爿百年老店得配上金贵一点的招牌字才好。私方经理甄操廉是个新派人物,且爱好古玩和书法之鉴赏,不迷信名家高手的墨宝,主张在荷县城乡征稿遴选之。当时的《荷县报》登载了这个独特的征稿启事。应征条幅近百件。正、行、草、隶,应有尽有,美不胜收。经过几番斟酌、评议,一件墨气淋漓,于秀韵之中有其朴茂之致的行书作品被选中。

油漆事项自然由油漆社承包。放样、临摹、上漆,则由魏德佑包干。那一天,魏德祐在新店屋檐下抹罢最后一笔油漆,从悠晃晃的竹梯上爬下来,轻轻地吐了一口气。他的脚刚踏地,就被人"抓"住了。

"你是魏德祐先生?"一位不失智者风度的中年男子拍拍他的肩膀。

魏德祐一愣:"岂敢,岂敢……"

中年男子一边连声说"佩服、佩服",一边从衣兜里掏出一个红纸包:"你的酬金。"

魏德祐没有接手:"这?您是……"

"哈,我是甄操廉。"中年男子淡淡一笑。

魏德祐恍然大悟:"噢……是甄经理,油漆费用请和油漆社结算。"

甄操廉握住他的手:"我喜欢痛快——这是你的书法作品的酬金,请务必笑纳。"

魏德祐被甄经理的诚挚所感动,收了酬金:"那,就多谢了!"

原来入选墨宝的作者便是魏德祐。红纸包里包的是整整三百元钱。甄老大粽子店的招牌字光彩照人,果然博得众人的交口称赞。魏德祐这个名不见经传的小人物,声誉鹊起,大有跻身书法家行列的势头。

谁料想,一夜之间,荷县的各种匾额、招牌被砸烂。魏德祐被揪了出来,罪名是为反动资本家涂脂抹粉。一连串的磨难在等着魏德祐。他的母亲受不了极度惊吓,悬梁自尽;他被勒令整天整夜地写语录牌。一律的仿宋体,这使得他的仿宋字达到炉火纯青的境地。

从此,魏德祐只认仿宋体。虽然他仍然不荒书法研习功夫，却是悄然的，不为人知的，并且抱定了藏山藏水的宗旨，还一个油漆匠和摹仿家的面目于世人。后来，他被单位除名；再后来单位为他恢复了名誉，不过他不愿重回油漆社，于是单干至今。

那么，魏德佑何以会和书法结下不解之缘呢？他的祖籍是安徽。兵荒马乱的岁月里，全家人逃难到江南荷县，后在彩凤街定居下来。他的父亲是个目不识丁的油漆匠，自知不识字尽受他人欺凌，于是含辛茹苦供儿子进学堂读书习字。魏德佑天资聪颖，读书刻苦得不得了。不幸的是，魏德佑在十四岁时，父亲便去世了，便辍学正式操起祖辈的糊口手艺。数年以后，他便成了油漆业小有名气的能工巧匠。

二十二岁的魏德佑，已是个壮壮实实、英俊伟岸的小伙子了。这一年，刚加入油漆社不久的魏德佑被派到一位副县长家包揽一套家具的油漆活计。副县长是位颇有名望的书法家，膝下有一娇女，名樱子，长得细皮嫩肉，楚楚动人。这一套家具，是书法家为他女儿准备的嫁妆。

魏德佑在油漆劳作时，时常听见里厢有嘤嘤的声音，好生奇怪。一次，那厢房的门开了，走出一位灵秀婵美的少女，淡妆素裹，有种难于言表的雅典的情韵。

他继续挥着手里的牛角刮刀。少女凝望他："请你不要做这宗油漆活了。"

他心生疑虑："这是令尊大人的吩咐，何以要……"

她凄楚地摇摇头，不语。后来，他了解到，原来她父亲要她嫁给在省里当大干部的一位老上级的儿子。这位大干部的儿子其貌丑陋，身材奇矮，她极不愿意见他，更不愿意做他的妻子。"那你可以不从嘛，现今婚姻自主啦。"他安慰她。她泪如泉涌："迟了，我爸已收下那家的订亲彩礼，再说，我爸说，那位老上级是他的救命恩人……"

魏德佑闻言嘘唏，深深地同情她。樱子呢，也对他渐生好感，为他的品貌所吸引。她虽然生在干部家庭，因父教甚严，平时也不大接触青年男子，心被锁在深闺。她喜欢读书，对那本《红楼梦》更是爱不释手，常常暗暗地比想自己的命运。高中毕业后，她渴望继续读书，更渴望自主生活，可是当副县长的父亲不知出于什么考虑，就这么打发她的青春，使她痛不欲生。一下子相识了这位相貌堂堂的心地又善良的青年油漆匠，她竟一见钟情。

在两个多月的油漆劳作期间，两人感情渐深，待活计完工，竟难舍难分了。樱子把一套《红楼梦》送给油漆匠，这是她的绵绵相思的信物。身为书法家的副县长发现了这个秘密，在结清工钱的时候也要结清这对少男少女的恋情。命油漆匠当场试笔。

魏德佑的书法根基原本就不厚，又在这种气氛里，不免有点心慌，以致手颤。可想而知，他的毛笔字没有写好。书法家脸露愠色，拂袖而去。少顷，厢房里传出一阵严厉的责叱和一个弱女子的啜泣。

一个当副县长的书法家之女和一个乡村油漆匠，是断然不相宜的。用书法之优劣而择之，不过是一种文雅的同时又是很冷酷的推拒而已。

樱子抗争的结果是，被她父亲反锁在书房里，成为笼中鸟。魏德佑坠入爱河不能自拔，整日沮丧哀叹。在朋友们的劝导下，他决计去南方揽活，积攒点钱再作道理。在一个大雨滂沱的夜晚，他翻墙进院，隔了一扇落地玻璃窗，接受了她的初吻，随后他转身向樱子辞别。

　　几年以后，魏德佑踏上回荷县的路，却再也见不到樱子。她已到了另一个世界，携去的还有她对他的那份铭心的绵绵不尽的眷恋。

　　从此，魏德佑发愤研习书法，以此纪念婵美的樱子和她的婵美情义……

　　魏德佑给爱女取名为宝黛，恐怕和他早年的这段凄美的罗曼史有关。当然，关于这逝去的一切，他从来不曾和女儿透露过。要不是宝黛第一次做成那块漂亮的行书招牌，他也不会做一次痛苦不堪的回想。

郑晓瑜受父之托，送来淋浴器

　　几天以后，郑伯寒来取招牌，免不了又称赞了宝黛几句。又过了几天，来了一位戴眼镜的小伙子，他手里拿着一只稀奇古怪的东西，大大方方地说："魏伯父，我爸叫我把这东西给你们，这是快速淋浴器……"

　　魏老板一时被弄懵了，宝黛却窃窃笑起来："这么说，你就是郑伯父的儿子郑晓瑜，同条街坊的人，还蛮陌生的。"

小伙子脸一红，用手把秀琅眼镜一托："是的，是的，郑伯寒是我父亲。这只淋浴器……"

宝黛从袋里掏钱："这太谢谢了，你爸说给我们弄一张优惠券，想不到这么快连实物都捧来了，多少钱？"

郑晓瑜摇摇头："我爸说，这是试用品，暂不收钱。"

宝黛把钱重新塞进钱夹："好，那么以后再算账吧。"她以为事情差不多了，就扭头走开了。"慢，宝黛，这个给你——"这位文弱书生朝她神秘地笑笑。

"什么？"她踅步接过一看，见是一张借书卡，扑哧一笑，"嗬，对了，你在市图书馆工作。不错，这借书卡我用得着的，谢谢了。近水楼台先得月嘛。"

小伙子笑笑，没说什么，便喜滋滋地走了。

魏德佑朝宝黛看看，又朝郑伯寒的儿子远望一眼。

没几天，这栋旧宅的杂物间里辟出一个洗澡间，自来水管子朝里拐了个小弯，220V电源那么一接，没几分钟，就可以用热水淋浴了。总共只用了几包水泥和百来块砖，工钱也不需出，是郑伯寒托了公司里一位技工前来免费服务的。

魏老板笑了："现在的新名堂真多啊。不过我还是喜欢去浴堂洗澡。"

"这叫青菜萝卜各有所爱。"宝黛轻轻松松地说，她今天显得特别漂亮，刚洗了澡，满脸红光，柔发披肩，声音有点嗲，"阿爸你不知道，女子浴室有多挤，排队等待时间长于洗澡时间。"

当然，这些日子，那位戴眼镜的青年文弱书生也没有忘记常来造访。为她借来几册流行小说啦,把自己发表了的诗作让她鉴赏,还送来一盆茶花,说是他爸叫他送来的。可殷勤了。魏德佑只顾忙忙碌碌,也不去打扰他们。郑晓瑜还邀她去市工人文化宫跳舞,那天,舞厅里音乐缠绵,灯光忽明忽暗,宝黛真是大出风头,所有捕捉美的目光都属于她。两人跳了一会儿,就在冷饮部找了个临窗的位置。

"我们图书馆缺个资料誊抄员,你的字写得那么好,人又那么……馆里会录用你的。"郑晓瑜慢条斯理地说,"时间做长了,还可望工作转正。"

"你不知道,我以前可有个正式工作。"她的眼神有些恍惚,连她自己也不知道,为什么要向桌对面的这个并不熟知的也并不惹人注目的文弱书生作这番解释。

"怎么不知道,你以前干的那种挡车工行当也实在太辛苦了,又是三班倒……"他把热情的目光移到她的脸上。

现今哪个妙龄姑娘,不把被男子追求当成乐事?!她也不例外。不过,她除了感受到他对她的好感和取悦于她的热情外,还辨出了他坦率中的涩味:他看不起吃招牌饭的。她也没有把这种领悟表露在脸上,半开玩笑地说:"你这个图书馆大管理员,一月能挣多少钱?不如辞了,做我阿爸的帮手。"

他用白净的手推了推眼镜架:"宝黛,你说什么?要我当招牌店的雇员?不说别的,那种油漆味,我就受不了。"

宝黛想说些什么又觉得没什么好说的,就默默地自顾自走了,留下了受到震惊的郑晓瑜和那份只喝了一半的果露。

剪裁青春

那天，郑晓瑜又来约宝黛去舞厅，宝黛不愿见他，并要她阿爸把那只淋浴器的钱给他。"他们这户人家也真是的，弄了个淋浴器来，是叫我洗洗那种油漆味，笑话！"她吐出心里不尴不尬的幽怨，用鼻音哼重了幽怨的分量。

魏德佑冷眼旁观女儿情绪的跌宕，叹口气："宝黛，你别管别人用什么眼光看我们的招牌店……你还年轻……那位郑伯寒可是个见过世面的人，国家机关干部。怕门不当、户不对哟。他儿子郑晓瑜人还不坏，只是……"

"阿爸，看你说什么，我和他不可能发生恋爱。"她很伤心地哭了一场，想拆掉那个淋浴器，被魏老板劝住了。

如此一来，郑晓瑜便不再在招牌店露面了。在以后的岁月里，宝黛也时不时想起这个会写诗的文弱书生。想起他的迂和酸，也附带想起些别的什么。至于宝黛终于对这位青年"迂夫子"有了真正的理解，并且产生好感，那要到她的家和她的心灵受到重创以后。这自然是后话。

变，是招牌业致富的福音

月底之前，宝黛伏在桌案上噼噼啪啪打了一通算盘。很有点诱惑力的数字出来了。这个月营业额达两千八百五十三元之多。扣除油漆等原料费用，扣除应缴税金，净余一千九百九十七元三角五分。这是父女俩一个月的净收入，平均每人所得比荷市的市长月薪还要高得多。当她把这个数目告诉魏老板时，他只是"嗯"了一声，没有显出特别的高兴神情。

夜来临了。劳作了一天的父女俩，照例又在灯下读当天出版的《荷市日报》。照例是由宝黛读。魏老板闭目静听，偶尔也插话，或要求重复或宣布暂停。大题目。小题目。新闻报道，小说散文，直至商品广告、寻人启事、征婚鹊桥，无一疏漏。"8888买下238888／荷市联合拍卖行昨天首次响锤。"宝黛在读罢一篇饶有风趣的新闻故事后，开始介绍经济新闻。

魏德佑从藤榻上坐起来："怎么，市里有拍卖行了？"

宝黛笑眯眯地说："是呀，真是新鲜事———一部电话的号码卖到8888元。真是求'发'心切呵。"

"噢……"魏老板像是很疲惫地重又躺下。

宝黛的视线瞄在广告栏："更改厂名启事／经上级批准，原荷市泉溪水泥厂即日起改名为荷市第五水泥厂……"

"嗯。"魏老板从鼻孔里哼了一声，双目是静闭的。

"经批准，原荷市住宅公司电梯厂，即日起改名为荷市第一电梯厂，原合同继续……"

"又是改名？"他的眼睛微微睁开，似有点惶恐的样子。

"原新新商场改名为荷市工业品贸易中心……"

魏老板从藤榻上一骨碌坐起来。"又要变……"他点燃一支烟，"前天报上也有一串改名启事，昨天也有，说不定，明天……"

宝黛朗声笑起来："毫无疑问，明天、后天还会有单位和厂家改名！"

"这……"魏德佑的情绪变得焦灼不安,脑门上苦恼的皱纹在扩展,汗水涟涟。

"阿爸,看你这个模样,可悲又可叹。"她淡笑。

"何以见得?"他直视女儿,心里像打翻了五味瓶。

好不容易盼来了安居乐业的日子。魏德佑满足了。按照他的观点,他的招牌店不会关门。虽然现今的店招流行金属或塑料立体字,但平面书法店招和悬挂式木质招牌仍大有市场。一个地方,总会间或新设一些部门和单位,一部分单位的招牌也需要在一个时期内维修复新,也还有些旧招牌得易名更新。这便是他的招牌店的细水长流、永不断竭的原因。可是,像现在这样,大笔大笔的生意,不分先后地、没有准备地一下子全奔涌过来,委实叫他有点招架不住了。

两年前,荷县恢复十年前的叫法:荷市。大大小小的机关以及有关单位纷纷易名。魏老板着实忙碌了一阵子。一年前,由于驻荷市的地区行署撤销,荷市升格为省辖市,这一层次的变动,又掀起了一段"改名"潮。近段时期的经济改革,方兴未艾;外资的引进,三资企业的衍增和本地企业的或联合或支离或扩建,加上乡镇工商业和个体户的发展,使得招牌生意兴隆到登峰造极的地步。父女俩应接不暇,连喘息的工夫都没有。钱是赚足了,手头变富了,魏老板却喝起闷酒来了。一种近乎迷惘的忧郁和焦虑,时常会侵扰他。是不是担心到手的钱会失去,还是担心哪一天谁会把招牌店砸烂,那就不清楚了。

"你就是怕变!"女儿一针见血地说。

魏老板一愣，继而自嘲道："也许是。"

"变有什么不好？！变，才是我们招牌行业的福音。广而言之，这个世间只有变，才会有生气。不变才死气沉沉呢。"她见阿爸的神情有点沮丧，尽量把话说得委婉一点，"当然，要看怎么个变法。如今是千变万化，一瞬万变，空空荡荡的变得鼓鼓囊囊，悲悲戚戚的变得欢天喜地，无名之辈变成大亨，账单变成支票，暗淡变得明亮，狭窄变得宽畅，幼小变得成熟，年老变得年轻，当保姆的雇上了保姆，目不识丁的雇上了家庭教师，夏天可以不热，冬天可以不冷……阿爸，难道你感觉不到吗？啊？"

魏德佑不作声，又点燃了一支烟。他把脸藏在白色的烟雾里，眼睛湿漉漉的，似乎被感动了。他不明白，他的宝黛是从何时起变得这么雄辩、这么咄咄逼人。真是时势不一样了呵。他还不大理解女儿的言论，但他相信，女儿会比自己强，这就够了。

他委实太累了。与其说体力上有点不支，还不如说神经太紧张了。他需要好好歇歇。他躺在藤榻上想，店里是不是需要添个人呢？该不该和宝黛商量一下呢？他觉得自己有时和女儿想不到一块儿去。难道自己真的老了，完蛋了，没有一点希望了吗？

"流浪画家"受聘

魏德佑大喝一声："干什么？"

剪裁青春

"流浪画家"一惊,退让着,说道:"随便、随便看看……难道不允许?"他这是第三次来此"观光",终于吃"辣子"了。

宝黛一扭头,见状,喷出一串脆铃铃的笑声:"阿爸,看你把人家唬成啥样?!"随手把油漆刷子一扔,"你进来,我有几个问题问问你。"

"流浪画家"走也不是,进也不是,一副可怜的尴尬相。

魏老板见女儿认识这个青年,也就不细问,进里屋张罗别的什么事了。

"你的名字?"宝黛问得很干脆。

"慎恂。"

"姓呢?"

"慎。"

"还有这样的姓,真是开了眼界。"她的口吻说不准是揶揄,还是真的感到好奇。

"谨慎的慎。"他轻声地补充了一句。

宝黛突然厉声说:"你直说了吧,你跟踪我,何事?是不是看中我?哼,说!"

慎恂握紧画夹,生怕被她夺走似的,喃喃地说:"哪能呢?我、我想给你画肖像,不知道你……"

"知道我是干什么的吗?"

"不知道。"他环视这小小的颇有几分古怪的旧宅,心里掠过几种判断。

"我是魏老板的女儿。"她不无豪爽地说。

"我不懂。"他被弄懵了。

"你真是个笨蛋。我是——招牌店老板的女儿,写招牌的。"

他有所悟,点点头。

"魏老板的女儿可以被人当作画画的模特儿吗?"宝黛的秀眉高挑,压低了嗓音很冷峻地问。

"怎么不可以?"

"我是写招牌的人,不是招牌!"

"你无论如何得帮个忙。你不知道,我有多难……"慎恂的神情突然变得非常疲倦,甚至连眼眶也变得湿润了。他的上身依旧穿着那件质地较厚的玄色大领衬衫,脏兮兮的,而且很皱。

这个名叫慎恂的小伙子,是荷市郊区马腰镇的人。自小爱好画画。水彩、油画、中国画,无不涉及。也许是天赋不足,抑或是未期机遇,学画多年,到现在二十五岁了,还是一事无成。他的画,进不了画展,更卖不了钱。他却不甘心,索性辞去了在粮油加工厂的正式工作,当起流浪画家来了。有一次,他携带自己大部分画作,去乡下摆画摊,很少有问津者,以致连回返的旅费都凭厚颜行乞。这并不妨碍他对司画女神的痴情。那天,他在大通桥偶遇宝黛,被她的兼古典和现代美于一身的形象所折服,激动得浑身颤栗。一个真正的安琪儿,他寻觅多年的模特儿,以为真可以开始画一幅杰作了。所以穷追不放,直至弄成了此时的近乎于受审讯的窘境。

听了流浪汉的倾诉,宝黛的心里泛起怜悯的细浪。这个不走运的小伙子,连衣食尚不能自足,却连做梦都在想画杰作。

她极诚恳地劝道:"你可以先找个工作做做,画画可不是一朝一夕的事。"

"唉,难哪。"他叹着苦经。

宝黛突然想起昨天和阿爸的谈话,有心试探:"招牌生意做不息,我阿爸有点想找个帮手的意思,就是暂时没有合适的……"

慎恂兴奋得满脸绯红:"我行,我真行的……"

不知什么时候,魏老板捧来一只南园烧鸡和两瓶啤酒。宝黛和慎恂的谈话,他全听清楚了。择个有美术基础的小伙子做帮手,这正合他的意。

啤酒冒着白色的泡沫。魏德佑喝得醉醺醺的。慎恂也喝得糊里糊涂。他已经许久许久没有碰到酒和烧鸡的滋味了。一丝清纯的微笑,挂在宝黛的唇边。望着一老一少两代男子汉的高兴状,她的心里倒像翻腾起苦涩的滋味。

一幅售价两千元的油画在招牌店完成了

慎恂在招牌店暂时住了下来。他很快便成了魏老板的得力助手。他"魏师傅、魏师傅"地叫得魏老板耳热心也热。魏老板把看家的本事一一传授给他。不久,慎恂制作招牌的技巧,几乎到了精湛的程度。这给这爿小店带来勃勃的生气。而他也在这爿小店里得到了经济来源和继续习画的保障。他白日里忙着招牌的劳务，晚间便在杂物间作画和作些驰骋起来的遥想。休息天则外出采风写生，有时一个人去，有时由宝黛陪同。

能和宝黛在一起，慎恂真是如愿以偿。他也时常给她画肖像。时间一长，她小阁楼的板壁上，居然都贴满了她的画像，有正面的，有侧面的，有坐姿，也有站立的。

这天，他又在小阁楼上给宝黛画肖像。"头往左偏一点，身子朝前倾，好，别动。"他说。宝黛含着微笑，望着他。温婉的情意，隐现在她的眉梢眼角间。自从慎恂进了店，她除了给他不少业务上的指导，还给他不少温存的照顾。她乐意为这位青年画家当模特儿，只要对他画技提高有裨益的事，她从没有厌烦的表示。

铅笔擦在纸上，沙沙沙作响。他突然放下笔，忘情地抓住宝黛的手："你，真好！"她没有答话，也没有抽回手。当她抬起脸的时候，眼睫扑闪着晶莹的泪花。

慎恂想和她谈一件极严肃的事，欲言又止。他在粮油加工厂做榨油机操作工时，他的一些年轻的工友曾揶揄他不是科班出身，没有受过正统和正规的美术教育。当时他很有点不以为然地回击："你们说说，自学和进美院学习的根本差异在哪里？"有人以问代答："你见过裸体模特儿吗？"他有点不解，语塞。那人笑了："这就对了，就是裸体女人。人体写生，非得有裸体的不成。难怪你的画儿缺乏灵气，你这个乡巴佬！"他闻言，极为沮丧。现在，这位体态婀娜、

剪裁青春

面容漂亮的宝黛几乎天天和他在一起。有时两人谈到兴头上，他真想问问她，愿不愿意为他做那种模特儿。可是，他不敢问。他知道，弄得不好，他要挨耳刮子，被驱逐出去的。即便是在此刻，两人的情绪都有点缠绵，他也终于把这个到了嘴边的请求重又吞进肚里。

晚餐前，魏老板被郑伯寒邀去小酌。

宝黛早早歇下了手里的活。天有点闷热，她想洗个澡。自从家里有了洗澡间，装上了那只淋浴器，洗个热水澡真是方便。她关上店门，转身抱了一叠衣服，趿着拖鞋进了洗澡间。门砰地一声关上了，随后发出水声。

洗澡间的窗不大，和慎询的卧室的门成直角态势。这扇窗的窗帘没有拉严，留下三分之一的空档，这么粗心！慎恂顾不得许多了，司画女神缪斯在召唤他，他把画夹倚在卧室的门搭链上，扭头把视线朝那扇神秘的窗户投将过去。

罗帐般轻柔的水雾裹着宝黛那青春、洁白晶莹的身体。慎询手里的铅笔尖在纸上画着线条。头部。肩头。胳膊。上身。那个美丽的身子轻盈地缓慢地转动着，让温暖的喷泉冲洗那圆润的肩和柔韧的腰肢。忽然，她一仰头，双手往后拢起瀑布般的长发。他有点晕眩感。心怦怦直跳。由于人体晃动，他的笔画不成线。不知怎么一来，画夹碰了一下门搭链。

"谁？谁在外面？"里面发出一个警觉度很高的问询。

慎恂喏嚅着："我，是我……"

宝黛的声音柔和多了："嘀，是你，怎么？你在……

画……"

慎询连忙分辨："不、不，我不干什么。"

水声。水声没了。窗帘仍没有拉严。他又斗胆地张望，看见她赤身裸体地坐在木凳上，身子半依着小木几，雪白丰满的胸部对着窗。她似乎很累了，半眯着眼睛，一手拿着浴巾，遐想着什么，动也不动。慎询心一热，突然悟到这是个极好的鼓励。他于是持笔索索画起来。那位人体模特儿似乎极愿意配合，依然一动也不动，像尊雕像。于是他的画纸上，频频出现一条条极有灵气的曲线。

宝黛走了出来，身穿一套色泽鲜艳的紧身衣裙，浑身散发出清香可人的温馨气息。她朝似乎有点失魂落魄的画家嫣然一笑，步履款款地去打开店门。

这瞬间，魏老板也由郑伯寒携扶着，跌跌撞撞回到家。

炎热的夏季悄然而去。一阵阵秋风凉雨，使得彩凤街傍晚的时候，铺满了法国梧桐的落叶。慎恂不时地痴痴望着这绚丽的傍晚景色，构思着画作的轮廓。

魏老板不动声色地打量着宝黛和慎恂眼眸里的变化。由于他青年时代有过悲怆的罗曼经历，对慎恂就有一种油然而生的亲近感和同情感。近来，街坊邻居和他开玩笑，说他招了个"附马"，他不生气，也没有露出否定的神情。看样子，他准是喜欢上这个雇员了。不过，那天郑伯寒邀他去同丰楼小酌，郑伯寒为了探他的口风，不时劝酒，他心里明白，他不能太伤这位机关干部的心，即使在喝得半醉时，他也没露出他对郑晓瑜和慎询的评价上有什么差距。

剪裁青春

一天,慎恂终于完成了一幅油画。题为:《傍晚》。长四尺、高三尺的画面上,是一条铺满落叶的小街,一位婵美的姑娘,在街旁缓行,头部斜侧,作深情之回眸,背影极像宝黛姑娘。

"怎么样?"画家向宝黛发出征询。

"不怎么样。"宝黛近距离远距离地端详了片刻,"什么意思,这傍晚是什么意思?"

"你不懂!"他卷起画,出了门。

他匆匆走进代卖书画原作的韵海楼画斋。

一位戴金丝边眼镜的老者细细鉴定后,问:"你画的?"

慎恂点点头:"是。"

"想定个什么价?"

他踌躇了。他穷困的时间太长了。他渴望钱,早就在考虑该在什么时候搞一点爱情的馈赠才好,比如,首饰店那只24K的中号戒指,戴在宝黛的纤指上,该多富丽。戒指售价八百元,还有那条足金项链,售价一千两百元。加在一起……对,就定这个数目。

于是,他说出了这个把老者吓了一跳的数字。

几天过去了,他的画没有买主;一星期,两星期,《傍晚》照挂不误;一个月过去了,画上蒙上些灰尘。

慎恂终于病了。高烧。昏睡。说胡话。

"什么病?"宝黛焦灼地问医生。

"住院观察吧。"医生很难确诊。

招牌店停业一星期。魏老板在慎恂的病榻前守护了几个夜晚。病人尽说些"傍晚——两千,两千——傍晚"的胡话,叫他百思不得其解。后来,他去韵海楼画斋买毛笔,凑巧发现了那幅标价两千元的《傍晚》,才辨出门道来。

慎恂退烧后,回招牌店养息。他仍然终日无力,不思茶饭,人瘦脸黄,判若两人。

这天。慎恂的运气像太阳一样升起来了。《傍晚》被人买去了。他得到通知后,去韵海楼画斋取回画款,激动得无以言表。

宝黛不敢相信地说:"原来你的画这么值钱啊。"魏老板闻知此事,特意买了酒菜,以示祝贺。自此,慎恂的身体恢复了元气,他又像往日那个生气勃勃的样子。不过他没有去首饰店买戒指和项链,而是转念把那笔钱存入了银行。他画画的热情高涨,有时一头钻进画室,通宵达旦地作画。魏老板和宝黛也不作干涉,全由他的便。

落款处是这样一行字:魏德佑书

一天晌午,郑伯寒来了。他走进店门就喊:"魏老板,你看谁来了?"他的身后是一位鹤发童颜的稀客。

魏老板放下牛角刮刀,端详良久,突然嘘唏起来:"你、你不就是甄经理,甄操廉先生?!"

稀客握紧魏老板的手,用一种微颤的声音说:"正是。魏德佑先生,久违了。"

那年,甄操廉不拘一格选用油漆匠的手书为店号装潢,和魏德佑有过一段君子交往。这些年来和魏老板断了联系，他先是被卷入一桩经济冤案中，四五年不得安宁；后来身上某个重要器官有疾被切除，在病榻上消磨了五六年；退休后去美国旧金山探望在那儿定居的女儿、女婿，受邀担任小外孙的"特别保姆"和"家庭教师"，一晃又客居了许多年。数月前，年近七旬的甄操廉终因思乡心切，重返荷市。现在他在那爿粽子名店任商务顾问，新近还当选为市政协委员。他倒是老树逢春，越活越健朗了。可是老店的店号字，二十多年来易了多种字体，现在的字迹业已斑驳，亟待更新。

宝黛露面了，顾盼流丽，风度典雅。她脑后的头发，往上梳，和前额拢来的头发合成一个云山似的髻，穿一件淡紫色小褂，外罩一条网状花结的无袖开衫，神韵脱俗。

郑伯寒指着她，对甄操廉说："这便是魏老板的千金魏宝黛小姐。我们公司的那块招牌，就是她书写的。"

甄操廉瞄瞄宝黛，又瞄瞄魏德佑，良久，蹦出一声："好哇，名师出高徒。咦！"

甄操廉从海外归返接手粽子店商务顾问的第一件事，就是装潢店面。更新粽子店门楣的招牌字，保留古朴的平面式样，以保留书法之自然醇味。甄操廉便想起了魏德佑，由郑伯寒陪同到彩凤街来的。

魏德佑明白了客人的来意，不由得心一咯噔，嘴里却说："不，不，老朽了，老朽了呵。"

甄操廉捋着颏下的一撮银须："别客气，别客气哟。我甄操廉就称罕你的手书，你和我们的粽子店有缘分。"

郑伯寒也插嘴说:"由招牌大师书写店号招牌字,才会生意兴隆,人人思粽。魏老兄,你就别再谦让了。"

魏宝黛见阿爸一脸的犹豫,发了话:"两位伯父尽管放心,我阿爸一定会照办不误的。"

甄操廉拱手作揖:"落款处要写上这样一行字:魏德佑书。切记,切记。拜托了!"

入夜,万籁俱寂。魏德佑半躺在床上,没有合眼。往事历历在目。为了缅怀那位婵美的樱子和她的婵美情意,他竟咀嚼着苦僧般的单身生活,长期研习书法以遣情愫。他习王羲之、王献之、怀素、颜真卿、柳公权和黄庭坚等古代书法家的碑帖,深究古今书家的理论,不荒一日。藏山藏水,为的是那份纪念不受玷污。即便在招牌生意忙不息的时候,他也会在夜间抽暇舞笔弄墨。他不求别人赏识,却偏偏会冒出个操守廉洁的甄操廉,人生得一知己幸矣……突然,他得到了一种喷薄而出的激情,一骨碌爬起来。

地板上,铺着粘连起来的旧报纸,旁边是大提笔,墨汁碗。魏德佑凝神,屏气,握起笔挥将下去。真是势来不止,势去不遏,力透纸背。甄老大粽子店——几个大字,墨气苍莽,潇洒绝俗,二王遗韵犹在而又神韵出新。他有点醉了。书罢,将笔一掷,反剪着手,在吐着花香的小院里一圈一圈地踱步不息。

几天以后,梢头上绑着小条凳的大竹梯,搭上粽子店门楣上端的拦腰店壁。这块横幅般板壁已被油漆一新。

魏宝黛说:"我上去。"

剪裁青春

魏德佑说:"还是阿爸我上吧。"

慎恂淡然地望着这对父女的争执,觉得有点滑稽可笑。在不时有过往行人的张望下当助手,于他来讲还是首次,有几丝慌惶,也有几丝尴尬。

魏老板提着油漆桶,爬上竹梯。随着他手臂的挥动,棕箬绿的底色里,现出一个黑色的"甄"字。他想起女儿的名字:宝黛。当时,他是怀着悲凉的心境取这个名字的。变啊,是的。不是又在变吗?变有多好啊。这世界,不是变得连那种似乎永远不可能的事情,也居然会发生了吗?!"老"字也出来了,确实老辣得很。他想到自己确实老了,而女儿正年轻,他感到无比的欣慰。他本来或许是这样的人:到处题字、题签,墨宝受人临摹、被人珍藏。可是他的一生,却是临摹别人的字迹,用油光闪亮的不胜风雨剥蚀的漆,勾勒别人的书法。"大"字也出来了。不知怎么搞的,他想起了樱子。甚至连那个雨夜隔着窗玻璃的初吻,也忆想起来了。"粽"字,上了漆。他喜欢吃粽,尤其是这爿名店的粽子,无论是火腿肉粽,还是洗沙甜粽,他都喜欢吃。粽子和屈原的名字连在一起。五月初五不会终,年年端午人吃粽。想到这一层,他笑了。"子"字。他的手臂有点颤抖了。他又想起了宝黛。他实在有太多的抱歉,至今她连自己的身世还不知道。二十二年前,大通桥上有对青年伉俪在夜半悄然投水,遗下一女婴在桥堍。哭声凄厉。这不过是那个疯狂的岁月繁衍的一个极普通的悲剧。他正巧路过桥堍,含泪把弃婴抱回家。现在她已经长大了,成熟了,她就是宝黛。是时候了,应该告诉她,自己不是她的亲生父亲。遗憾的是,他至今还打听不到她爸妈的踪迹。他稍微摇了一下头,凝神,在最后一个"书"字上,抹上了最后一竖。

突然,魏德佑感到头一胀,耳鸣不绝,血往上冲。他轻轻地"唔"了一声,便从竹梯上滑落下去。脑溢血。魏老板刚被送进医院,心脏便停止了跳动。他永远睡去了,带走了绵绵不绝的爱女之情,带走的还有属于那个已经消逝的岁月里的深深的叹息……

告别了阿爸的遗体,宝黛痛不欲生。

慎恂劝慰她:"别太伤心了,人总有一死……"

翌晨,慎恂背着画夹:"宝黛,再见了!"

宝黛颤栗:"你要到哪里去?"

"画画。"慎恂脱口而出。自从那幅画售得两千元后,他确认自己是画苑天才无疑,如果说,这招牌店曾是他的避风躲雨的凉亭,那么现在,他倒有点身在鸟笼之感了。

"几天回来?"她急切地问。

"我,不、不,不准备回来了。"他很艰难地吐出真情。他早存离意,以为画画和招牌是断然不能合流的。魏德佑的猝故,留下了小店老板的空缺。一想到这一阵,他觉得非走不可了。

"你,你不能走啊!"宝黛泪流满面,颤抖的双臂去拦他。当她看到慎恂脸上那种惧恐受累的戒意时,眸子里突然映出一种令人生畏的刚毅:"你,给我马上走!"

他到底还是离她而走了。流浪画家嘛,以浪迹天涯为天职。

剪裁青春

魏宝黛出任"宝黛招牌店"经理

彩凤街上,飘来一阵雾,又飘来一阵雨。街旁是一张张泛黄的梧桐叶子。傍晚的时候,余晖似血。

宝黛在整理阿爸的遗物的时候,意外地发现了一幅油画藏品。慎恂的杰作《傍晚》。这是魏德佑生前为治慎恂的心病,悄悄地买下的。她的哀伤和悲凉的情绪被排遣了。她觉得能够告慰于阿爸亡灵的事,只有一件,就是振兴他遗赠给她的招牌店。

终于有一天,那栋带阁楼的房子被整修一新。门面大开,门楣上那片空白处,出现了一排洒脱的行书:宝黛招牌店。鹅黄的底色,紫红色的大字,在深秋的初阳里熠熠闪光。

鞭炮声声。时有摩托车驰过。古朴的彩凤街沸沸扬扬,热闹非凡。魏德佑书法遗作展览,在这里举办,这是彩凤街的一大盛事。

宝黛招牌店经理魏宝黛,身穿紫红色风衣,头发烫剪一新,更显得婵美动人。她含泪地微笑着,迎送一批又一批的参观者。她的身旁站着一位戴眼镜的小伙子,模样极像那个青年"迂夫子"郑晓瑜……

箍桶匠和他的儿子

在荷县，很难准确地评论，箍桶匠金根和他当县长的儿子金柱，名气谁大谁小。这么说吧，四乡八村的，说起箍桶匠金根，几近无人不知、无人不晓。他的名声鼎盛期是在二十世纪六七十年代。他挑一副箍桶担走乡串村，制作的水桶、蒸桶、脚盆、马桶等木质玩意，成千上万，无法具体计数。金根手艺之神奇，令人啧啧赞称，一堆不成料的杉木，经他打制、琢磨，全变成不漏水的盛器。后来他进了城，成了县手工业联社的职工，也干箍桶这活，年年上先进工作者的榜。现今他年逾七旬，领退休金在老家樟村安度晚年。当然，他最满意的作品乃是他的独生子金柱。他用箍桶劳作的微薄收入，培养儿子读大学、读研。41岁的金柱现在是口碑颇好的一县之长，在任上已干了三年，前景很不错。

虽说现今城里的老百姓使用木质盛器已少之又少，但儿子金柱一家还是保持这个老传统式的喜好，家里除了抽水马桶是瓷器，什么水桶、浴盆、脚盆、脸盆都是木质的，且都是箍桶匠老爹亲手打制的。照金县长的说法，日常生活中使用木质盛器，接地气，有利于健康。实质上他是想用这种方式来缅怀父辈的艰难岁月，以促自己保持劳动人民的本质，勤奋工作，当然这也许只是潜意识的驱使而已。

初夏里的一天，金根挑了副箍桶担风风火火赶到县政府住宅大院，进驻儿子的家。儿子、儿媳和读小学的孙女儿都感到很惊讶。以前金根和老伴在儿子家住过一阵，后来就不常来了，说是受不了"铁栅栏、防盗门"的封闭。老人家这次来，还携带箍桶的所有家什，难道他要重操旧业？！这多少有点让家人难堪。

金柱一见到他爹，满面困惑："爹，您老人家有退休金，我嘛每月也给您老存钱，怎么还会差钱？！"

儿媳妇也附和道："爹您也真是的，现在城里哪家还用这些笨木器？不会有啥生意的。"

老爹一撸颏下的胡须："别误会，我不是进城揽活的。我听说咱儿子家里的木器玩意大多漏了，特来修理的。"

金柱更惊讶了："没有的事，爹您的手艺好，那些东西我们一直在使用，没见坏呵。"

老爹闷声闷气地说："你们忙你们的，等会儿我来检查、检查，再好的木料玩意，也不能过了保修期。"这么说，大家也接不上话茬儿，便由着他性子展摆箍桶担里的众多工具。

原来，前几天，几个老乡在金根家附近的大槐树下喝茶聊天，谈及的事和儿子金柱有关。有说金县长亲民，做事有魄力；有说金柱有出息，只是和县里的富豪们过往甚密，经常在一起聚餐娱乐；有说常在河边走，想不湿鞋都难的，等等。这些闲言碎语风儿似的传到金根耳里。金根闻言，心里一咯噔，暗忖：这不是个事儿，得立马赶过去给儿子提个醒，别当官当昏了。他想儿子学历高，大道理该都明白，说啥都白搭。左思右想，他便从阁楼上把那副闲置经年的箍桶担弄了出来。

　　午后，县长夫妇都出门上班了，孙女儿也上学去了。金根喝足了茶水，便撩起袖子忙碌起来。他把儿子家的木质盛器一一检查了一遍，坏的还真不多。那只脚盆的铁箍是松了一点，他把它弄弄紧；那只浴盆的箍是没松，但稍有点渗水，他用自己特制的油腻子将盆壁的缝隙按了个严实。当他在玻璃橱柜里把那只杉木饭桶移出来，揭开盖一看，竟发现里面装有一副微型金属小玩意：水桶、脚盆、马桶、脸盆，精致小巧，惟妙惟肖。触摸这些金闪闪、沉甸甸的小杂件，他的眉头打起结，心里却有了底。

　　晚餐，爷儿俩喝了酒。喝到半醉时，金根说："儿子呀，和商人也不是不能有友情，但不能勾肩搭背。"

　　儿子反诘："不懂，爹您说的是啥意思？"

　　老爹放下酒杯，说："这还不懂，亏你还是个管理学研究生哩。你想想，咱樟村上千户人家，发财的有不少，但要说当官干大事的，也只有箍桶匠金根的儿子。你是一县之长，乡亲们的眼睛都瞄着我，更瞄着你呵。"

剪裁青春

金柱咪了一小口酒，沉吟了一下，回话："人是感情动物嘛，樟村的乡亲们对我有感情，我对樟村的乡亲们也是有感情的，我不会让大家失望的……"

老爹笑言："你能这样想，很好。爹这次来嘛，不是来干箍桶活的，但要说一说这箍桶的活计，这也是你妈的意思。爹箍了一辈子桶了，对木质的东西，对铁箍、铜箍、竹篾箍的感情是很深的。"

儿子给老爹斟酒，嘻笑："爹，大家都说您是'箍桶大师'，老劳模嘛，您的心情我能理解。喝酒呵，别只顾着说话，嗬嗬。"劝酒之际，金柱狐疑地望着金根，琢磨着这位'箍桶大师'今晚"醉讲"的用意。

"儿子，吃块鸡翅飞得高。哈哈，说我是'箍桶大师'，不敢当。但你爹我的箍桶技艺是第一流的，当然，这是过去的事了。"金根挟了一块鸡翅给儿子，狡黠地眨眨眼，话题一转，"我说呀，箍桶、箍桶，箍是很重要的，箍松了、坏了、烂了，那木桶不漏才怪！你是箍桶匠金根的儿子，爹不想让自己的'产品'质量出问题，更不能发生'漏水'的事，坏了祖上的名声。儿子呀，爹知道你是个明白人，工作上也一直很勤勉的，要珍惜自己的口碑。你想想，你和那些大老板有过什么勾当？"

金柱沉默了。这些天，是有几个人围着他转，无非是要他"高抬贵手"，帮他们在政策上打点擦边球。那些人也没少送礼，大的礼他都退回了，就是县房地产开发公司的计老总和环球超市集团的哈董事长联手送的几件小玩意他留下了。这东西很有意思，是一套镀金的微型铁质水桶、脚盆、马桶、脸盆。客人说是特意为他老爹定制的，他们打小就知晓箍桶匠金根的好手艺，特敬重，弄这些小纪念品，只是聊表敬意，留个念想什么的。话说到这个份上，他就不好意思拒收了，把这些小玩意儿搁进那只闲置的小饭桶里，也便忘了有这回事。

"爹您言重了，我和他们能有什么勾当？笑话。发展经济嘛，总得和那批商贾们打交道，我是县长，很多事得由我露面，这也是没办法的。哦，您不说我差点忘了，有件东西是人家送您的。"金柱趁着酒兴把那只小饭桶拿了出来，递在老爹手里，"这些年我也没收人家什么东西，只留了桶里的这几件小工艺品，您掏出来看看。"

金根脸上的微笑淡去了，捧起小饭桶细细打量："嗯，这小饭桶倒是好好的，没什么损耗，只是这桶里的东西嘛……"

金柱见老爹不动手，便伸手自个儿掏桶里的东西，说："蛮好看的，您一定喜欢。"

金根的话有点硬："你能主动交出来，态度还不错。"

金柱一愣："噢，爹您见过这东西了？什么态度不态度的，这算不上什么贿赂，我做事很注意分寸的。"

金根冷笑："还注意分寸？哼！这些人真会投你所好，弄这些个小玩意，也太抬举我这个箍桶匠了。你看，这玩意金光闪闪的，要把我这个箍桶匠捧到天上去不成？！"

金柱："人家也是好意嘛，爹您不喜欢镀金的东西？"

金根一件一件用手掂过分量，收敛起笑，问："镀金？咋这么沉？什么东西？"

金柱："本体是铁皮的，外表嘛是镀了金，不值几个钱。他们知道您以前当过箍桶匠，许是会喜欢这些东西。"

金根把脸一沉："他们的话你也当真？！"

金柱斜着眼："爹您是木匠、箍桶匠，不是金匠。"

金根拍拍儿子肩膀："爹虽不是金匠，但拿惯了铁槌、铁凿子，熟悉铁的分量。"

金柱放下酒杯，撮起一只微型脸盆，上看、下看："这东西难道会是……"

金根："儿子呀，你跟我好好掂掂，这些东西加在一起少说也有半斤重，半斤重的金子要多少钱哪？你当县长当傻了呵。"

这一说，金县长的酒也醒了："是吗，要是这玩意是纯金打制的，这可严重了。"

老爹举起酒杯，猛地喝一大口："不要说是金水桶、金脚盆，就是镀金的也不能留。他们无利不起早的，能白给吗？"

当晚，金县长辗转反侧难入眠。好险啊，幸亏老爹来得及时，否则可要乱套了。嘀，有个对"箍"颇有研究的箍桶匠老爹，真是自己的福分呀。哼，他们的东西我一样都不能留的，一律退还。他就这么云绕山峦地寻思着，渐有睡意。少顷，天也亮了。

谢幕前的小酌

这是一幢临水的二层楼木屋，店名叫"清风小酌"。开这小酒馆的是一对残疾人夫妇，提供江南家常菜和价格低廉的各式酒。顾客大多是附近社区的老百姓，生意还不错。

G县地税局局长程芝缘是这里的常客，他的固定座位是楼上左侧临窗的一隅。每逢周六晚，只要没杂事缠身，他总要到这儿小酌一番。来一小杯红星二锅头，就着一碟茴香豆加上一盘猪头肉或豆腐干什么的，自我放松半个钟头。

窗外有一条小河流过，水清波静。瞅得见岸柳、对岸的房舍，瞅得见的还有云朵、俯冲或腾飞的小鸟。一边小酌，一边回溯一星期忙下来的事，琢磨着有什么失分寸的环节。他把它当成一次闭门思过，一次喧闹后的小憩。

县地税局局长，是个非常敏感又令人羡慕不已的职位。他的那位很有魄力的前任，因经济和生活不检问题翻了船。他呢，工作上勤勉有加，前行时又时刻如履薄冰，分外的谨慎；很少参加纷攘的应酬，各种娱乐场所也鲜见他清瘦的身影。"清风小酌"开了五年，他在任上也满五年，隔三岔五来这儿独酌也快五年了。

这天傍晚，程芝缘满脸庄重地步入"清风小酌"。独臂张老板笑脸相迎："程局长您来啦，还是老样子？"他问的是酒和下酒菜。

程芝缘以笑相回："不，拿两瓶二锅头，弄六七个菜，再加个火锅。"

老板点头："行！"那眼神里多少有些许困惑。

少顷，县绿荫房产置业公司谈总经理和县拓达丝绸总公司刘董事长莅临"清风小酌"。

寒暄。品茗。酒菜也随之上桌了。

碰杯。那音乐般的碰击声很是悦耳。

前些天，谈总和刘董专程造访了程芝缘的寓所。琳琅满目的礼品摆满桌。程局长的妻子无法抵挡来客真诚的馈赠，拒收了那些以为是珍贵的东西，只留下一枚玉镯和一支钢笔。程芝缘回家知道后默然片刻，对妻子说："你呀，你……"

此刻，程芝缘把这两件东西从拎包里拿了出来。

谈总用手推挡那枚玉镯："程局长，您这就见外了。这东西是寻常玩意，值几百元钱，给您夫人的，我看嫂夫人衣着朴素，也没几件像样的首饰，没想害她。"

刘董则伸出右手接过钢笔，在食指和中指间旋了一转，又置在程局长的手边："这支笔是给您的宝贝孙儿的，他上初中了吧,也没啥特别的意思,不就是期望孩子能好好读书,日后能写作好文章?!"

程局长淡笑:"我这些年在位上,都是按政策办事。我倒是要谢谢二位对我工作上的支持。你们两家企业能依法纳税、诚信纳税,这就是送给我最珍贵的礼物,别的就免了。"

谈总闷闷地说:"知道您快退休了,只是微表敬意而已。"

刘董附和:"是呀,您在仕途上快到站了,这支钢笔不足挂齿,您也太较真了。"

程局长举杯,自饮一口:"是呀,明天我就要退休了,我的仕途谢幕了。谢幕的时候,我追求那种心安理得、那种问心无愧的享受,这是多么美好的享受。"

谈总和刘董像傻蛋一样瞪着今晚小酌的做东者,琢磨着他还会说些什么云雾绕山的话。

果不其然,程局长抛出一个醉问:"二位,知道我为什么喜欢来这里小酌?"

谈总呷了一口酒:"这儿清静。"

刘董放下筷子:"菜肴对您的胃口。"

程局长点头又摇摇头:"我喜欢这小酒馆的店名。"

谈总和刘董异口同声"噢,'清风小酌',蛮有意境的。"

程芝缘笑了:"说真的,我很想继续来这儿小酌,我不想失去这种自由呵。"

谈总纳闷："这很简单，没人阻拦您的来往呀？！"

刘董也作纳闷状："是呀，谁会扫了您这小小的喜好？！"

一瓶二锅头差不多要见底了，程芝缘半眯着眼说："今天我超量了，另一瓶，两位仁兄包了。对了，前几天，我请人鉴定过了，那枚玉镯是上品缅甸翡翠的，没有三五万可弄不到；那支钢笔也是好东西，正牌派克金笔，两万八一支。"

说到这个份上，谈总和刘董只好取回送出的东西，各自默罚一杯。

程芝缘微倾着头，口气极淡："这就对喽。这些年我一直在寻思，用自己的钱独酌，能享受自由、尊严的味道，还有放松的乐趣。这可都是属于幸福之范畴呀。"

客人面面相觑，似懂非懂地"嗯"了一声。

窗外，晚霞映红水面，甚是好看。

有清风拂面，甚爽。

程局长站起身，倚在窗沿上，吟道："虽然近黄昏，夕阳照样好。只有两袖清风地谢幕，我才有资格在赋闲的日子里常来这'清风小酌'休憩一番哟。"

谈总和刘董眨眨眼，但两人的神态是正经的，脸上都有点儿被感动的细微表情。

夜静悄悄的。谈总和刘董不无愧疚地和程局长作别。到程局长买单后沿级而下时，独臂张老板恭立在底楼的木梯口，仰面把敬重的目光投过去。

滴泪的花环

这个夏天，对K市公安局来讲，太不寻常了。简单地说，在这个庄严而简朴的办公大楼，同志们再也见不到局长齐备的音容笑貌了。他走了，走得很匆忙，走得叫人有点措手不及。

此刻，追悼会即将开始，5号大厅两侧置满了款式各异的花圈。工作人员在忙碌而有序地处置一拨拨花圈和花篮，寂静，无言。

齐局长猝然病逝的消息只在小范围传播，花圈却出乎意料地越来越多。此刻，他含笑望着大家，神情亲和又不失坚毅——那是他的遗像。他是个平凡的人，留给大家的回忆却很不平凡。于群众来说，他是个好警官；于同事来说，他是个好领导；在社区，他是个好邻居；在家里，他是个好丈夫、好父亲。总之，他是个好男人，这些，一点都没夸大呵。

此刻，城南小学的致哀代表们正踏上台阶，朝5号厅前

剪裁青春

行。那十多只缀满栀子花的花圈是城南小学的全体师生送来的。四年前，还在刑侦支队任支队长的齐备，路经市郊鲫鱼湾。正遇该校的三位二年级男生戏水不慎被漩涡卷走。他奋不顾身扑入激流，拼尽全力，把落水孩子一一救上岸。为此，他的左脚被水底的利石划伤，血流如注。

在已入大厅的致哀者中，有一位面相特别富态的中年男子。他是K市名气不小的康达集团老总。半年前，这位老总卷入一桩商业贿赂案中。他曾派员给老同学齐备送去20万元现金，说是其中10万元给局里改善办公设备之用，另一半是专门"孝敬"他个人的。条件是，请齐局长高抬贵手，放他一马。齐备当即约了老同学在河畔茶室喝茶。他除了将巨额现金"完璧归赵"外，还狠狠地给了这个商贾一拳。你这样做错上加错、罪加一等，唯一的出路是争取主动，彻底交代涉案中的所有细枝末节！他的叱斥饱含同学之谊。后来，康达集团的老总照齐备的"敦促"去做了，得到了相应的宽大处理。

现在，齐备微笑着望着这位颇具福相的老同学。

胡警官手持花圈，缓缓步入大厅。那只花圈硕大而质朴，那是胡警官自己掏钱在医院附近的花圈店买的。尽管按规定可以报销，或去某个部门报销，小菜一碟。不！这样做，是亵渎了他的上司。他记得，去年的那个冬日，随齐局长去城西吊唁一位同事刚去世的亲属，胡警官准备顺路置买花圈，齐局长说，他已经预订了一只120元的花圈，钱也付了。当夜，齐局长执意叫胡警官去休息，自己则守灵至天明。大家都有明白，他们的上司想用这样方式，暖和活着的人，告慰于死者的亲属。事罢，胡警官向他要发票，说代为报销。齐局长却摇摇头，说，免了吧，小胡啊，我寻思，用自己的钱买来的纪念，才更能寄托哀思。你不会不赞成吧？现在，他正望着胡警官微笑。

　　响起了被压抑住的喧哗。一位健壮的小伙子擎着一只特大的花圈，执意要把花圈置在显著的位置，管理者不允。齐备的遗孀发现了，走过去了解情况。那男青年一脸央求之色。他哽咽道，他在省城工业大学上学，即将毕业。他曾因斗殴、行窃等劣行被送进少管所，自从齐备叔叔与他结成帮教对子后，他的生活里开始有了阳光。他自高中到大学的生活费和学费，都是齐叔叔资助的。是吗？齐备的妻子眼眸映满困惑。丈夫生前可从来没提起过此事。男青年继续说，齐叔叔要他永远守住这个秘密，我即将工作，我还来不及报答他呢。他的哭声大了起来。好吧，你的花圈就放在我的花圈旁边吧。她于是做主把小伙子的花圈移动了。

　　齐备叔叔微笑着望着小伙子，那笑容里似乎嵌含着对他成长的殷殷祝福。小伙子泪流满面地向他深深地鞠躬。

　　哦，齐备妻子的花圈放在离他最近的地方。这是怎样的一只花圈呀。用一朵朵小绢花编织成的不着一字的花圈。这是她献给他的。这位工艺品厂的女技师，自从那年春上嫁给了这个从警校毕业的30岁的刑警，算起来已有22年了。他很少回家住。这个把自己的青春和壮实的生命全部献给了那份崇高事业的男人，长年在外，很少在家留宿。228朵小绢花。一朵绢花代表一夜。就是说,这个婚姻,她总共和他度过了228个良宵。长了点,也太短了点。

现在,他正望着她微笑。

老齐哪,你走得太突然了,还来不及留下遗嘱,来不及和你相濡以沫的爱妻和你宠爱的女儿道别,来不及和亲爱的同事们说声再见,就遽然而走。那桩案子太复杂,盘根错节,你带领专案组成员勘查、取证、寻访,足迹所涉累计数千公里,正当案情水落石出、一个个犯罪嫌疑人全部抓获之时,你却猝然倒地,心脏病突发,刚送进医院,就永远停止了呼吸。

大厅太小了,不再有置放花圈的地方。那些寄托哀思的花圈,越出大门,沿着过廊,一直延伸到那座石桥披着黑纱的栏翼两旁。

在灵安公墓长长的石级下,有位满脸哀容的少女正持着一只大花圈匆匆而至。老爸,我来迟了,请原谅。您不够意思呵,您答应这个暑期,您要亲自陪我母女俩一起游黄山的——您把这个许诺忘了吗?她喃喃地啜泣自语。这位清纯秀美的姑娘,是清华大学法学专业的大二学生,他的宝贝闺女,他的梦,他的骄傲和慰藉噢。女儿得到噩耗,日夜兼程往家赶,但还是来晚了。

哀乐响起,低沉回荡……

社会万花筒之中国好故事系列丛书

清香一炷

记者同志,你问我为什么要开这爿香烛小店,为什么专售诸如卫生香、蚊香、驱蚊香片以及去庙宇朝的信徒或香客所必备的香烛之类的小商品,这个问题是很难回答清楚的。我首先要告诉你的是,我对上述与香结缘的小玩意,不是一生下来就喜欢的。这有个过程,讲得雅一点就叫"心路历程",得慢慢叙述。

你刚才问到,我连年被评这守法个体户、纳税先进分子,是有这回事。我为几所小学和幼儿园共捐款一万元,也确有其事,但请你不要向外报道。我怕这些。换句话说,如果我喜欢喧闹和张扬,我就不会守着卖香烛之类的小本生意了。这其实都没什么好称道的,因为这是应该做的。你说,我喜欢闻香气。这也没有说完全。告诉你吧,我的鼻子早就坏了,嗅觉坏了,闻不出香、臭。不是鼻膜炎,而是那年打群架时,被对手一拳给揍坏的,落下的后遗症。但这一点不

剪裁青春

影响我对职业的热情。

确切地说吧,我的新生是隔壁的老刘赋予的。我的前半生早就"死"了。我怀念他。你也许不知道,老刘离开人世已有10年了。他是患肺癌死的。他是个职务不小的税务官。他生前一直住在我们这一带的"平民"区里,好几次单位里分给他新宅,他都不搬,很让人敬重。

香气,一种富有宗教色彩的特殊气味,随着可视的白色烟雾袅袅上升而四向弥散。这是多么圣静的景观。我不信教,可以说是个无神论者,但这和我喜欢香以及有暇时去庙宇敬上一炷并不矛盾。你想想,当燃起一炷香,把香插在装有沙泥的小香炉里,当香味烟气在空间飘荡,那是一种什么境界——你的心就会变得清静,神情会变得虔诚,这时,你有什么心愿,尽可以对即刻遁消的香烟说,你说,是吧?!

我的家,能怎么说呢?还是不说它。反正我出身在一个没有文化,靠体力糊口的小市民家庭。我在童年时就痛失妈妈;父亲是个酒鬼。他喝醉的时候比清醒的时候可要慈祥得多。他喝够了酒,我呢,吃够了他的拳头。20岁那年,我长得身强力壮像头牛,但我的钱囊却是空空的,这和我壮壮实实的身架不相符。父亲把钱都"奉献"给了酒馆,我呢,想用钱的时候却每每落空。在我因打群架被砖瓦厂除名的第三天,爱神居然会向我招手。说实话,那位姑娘是个好姑娘,我没有理由不喜欢她。一天,女友向我提出一个极普通的要求——想要我为她买一件价值仅20元的连衣裙,可是我无法满足她的小小心愿。向父亲要钱,父亲给了我三个拳头。无奈之际，我顿生恶念——在骆驼桥堍看见一位妇人，就一拳击去，把她的小拎包抢了过来。里面有600元现金。可这并不是好事，还未等我兑现女友的心愿和为父亲买几瓶酒，我就被逮住了。我为此付出了昂贵的代价，我被判了5年有期徒刑——算算简直是120元一年，哈哈！

5年以后，我从监狱中被释放回来。父亲已故，女友早就另择佳友，"众叛亲离"，街上的熟面孔都不理睬我；跑了好几个单位，就业无望。我绝望了，泪流满面。这天夜晚，记得是有月亮的，我徜徉到市河旁，准备去找我的父亲和母亲。正当我摆出一个投河姿势时，被一位大汉给拉住了。回首，他就是隔壁邻居老刘。我不能拒绝那双充满希冀的恨铁不成钢的目光。我低下头，被他拖回他的家。他为我沏了热茶。我看见他的床旁茶几上，有一炷香在飘着香气。我凝视着。老刘说，这是他的妻子为他点的香。我不懂。他说，以后你会懂的，我就不多问了。在香烟袅绕之中，他建议我利用自己临街的老宅开一爿小店。我问，钱呢？他就从一只柳藤箱里拿出一张存单——2000元。我不要。他一定要我收下，说这是借给我的，待以后有钱时再还他就是了。我瞄了瞄他清贫的家居，哽咽良久。

我就开店了。起初是卖棒冰、卖水果，以后就卖塑料拖鞋、塑料碗筷，还卖过铁钉、铁铲铁锅。总之，能赚钱的小玩意儿都卖。一年以后，我有点积蓄了，我把2000元还给老刘，并加了点利息给他。这时的老刘，已病卧在床，他欣慰地朝我看了良久，收下了本金，利息说什么也不收。他的身

剪裁青春

体消瘦极了。他说,小伙子好好干,但有句话要叮嘱你,做人在世图点什么?如果除了吃、玩和睡还是吃、玩、睡,那不和猪一样啦?!人还是要有个精神世界,一是不要赚昧良心的钱,二是要依法按章纳税——这是生意人的立足之本;另外,有了钱,还要设法为社会做点好事,这就是有钱人要有的风度。我点点头,表示记住了。

后来,老刘的身体一天不如一天。我除了常去看他,买点水果、营养品之外,还为他买几炷香。他似乎蛮喜欢这种点香的方式。他曾笑着和我说,点香是很有意思的,香烟弥漫的时候,什么愿望都可以在心里说,这种氛围就是让人说愿望的。我说,我现在没什么别的愿望,我只愿您早日康复。他轻轻地说,谢谢。谁知,我这个愿望才说出没几天,老刘就溘然去世了。那夜我为他的亡魂点了十几炷香,烟雾从门隙和窗缝漫越出去,浓浓重重,差点引起消防队员紧急动作。

这下,你就明白了吧。老刘故世后,我就改营香烛生意。你说的不错,我这是为了纪念老刘。是的,我每出售一份香烛,可以想象那些香烛化成袅袅烟雾。自然的,我也习惯了每天点烛香,为了自己,为父母,更为老刘,还为和老刘一样善良而清正的好心人。

好了,记者同志,你了解得这么多有什么用场?什么,这些素材能写小说?这倒是个好主意。我想,你要是真想写,还是为老刘写一部书吧,到时候出版费用不够,我可以资助一些给你,但你最好不要写我,至少不要把我写得很可爱的样子。请你把感情都用在老刘身上。在当今这个物欲横流的世界,老刘算是个稀罕人物。官员们若都能像老刘那样,那真是老百姓的福气哟。

问我今后有什么愿望?愿好人一生平安。是的,就是这么一个心愿。我很喜欢《祝你平安》这首歌,真的。我在此祝天下的好人健康、平安。你看,这柱香快点完了,又得加上一炷。好!好!今天就谈到这里,再见。

剪裁青春

临终的安详

这一年，53岁的文史科资深科员老茄，被调到后勤科。据说，他是因能力平平、年纪偏大而"退居二线"的。他回望多年相处的办公室时，伫足无语，眼圈湿润。

就在他去后勤科上班的第二天，一位年纪比他大两岁的同事，被任命为文史科副科长。明眼人都看得出来，老茄因"年纪偏大"而调岗，纯属托辞。老茄种过田、打过工，来档案局之前是锁厂的一名配件工。他应该划为自学成才之类的人物，电大中文毕业，在20多年前本城首次人才招考中，以第二名的成绩进入机关的。尽管他的工作无懈可击，单位的领导们似乎并不看好他，他对有职位的人也每每敬而远之。也许是他这个人处事不够圆滑，也许是过于不合潮流，数十年来，他没遇到过提升职务的幸运，一介布衣也。

老茄特喜欢辛弃疾的诗词，时不时背诵几首，空闲时还研墨写上几个条幅；同时，他也喜欢《钢铁是怎样炼成的》

社会万花筒之中国好故事系列丛书

这本书,和年轻同事聊天时,会情不自禁地复语:"人最宝贵的东西是生命,生命属于我们只有一次……"每每弄得对方莫名其妙。

而与他甚为投缘的文史科文书小闵,却经常抚慰他,说,老茄先生,你别这么悲观,别老是自责自己碌碌无为,比你更平庸的人还很多,有的职务还比你高几级呢,云云。如此这般的劝说,老茄似乎释怀了。他在退休前的这两年,工作很卖力,对同事很和蔼,也不再抒发"怀才不遇"和"报国无门"的感喟。他神定气闲,举手投足有了一种铅华洗尽的泰然。

退休后,老茄看中了小区里的凉亭,出资在此处办了个"反腐倡廉"阅览室,又出任无薪金管理员。他是个"老档案"啊,所以陈列的资料很丰富,有些是自己撰写的,更多的相关图书则是从新华书店购进的。常来此浏览的,有"驻扎"小区的大小官员,官员的家属,也有打工者和学生。他的脸上有了少见的阳光,在忙忙碌碌中体味累并快乐着。可惜这个阅览室只坚持了两年,就办不下去了。因为这个凉亭属于小区公共资产,业主委员会决定将其改成棋牌室,理由是可以创点收,聊补开支之不足。老茄为此病了一场。

后来,小区出了几次失窃事件,老茄就倡议组织一个以防盗、防火、敦促卫生为宗旨的老年巡逻队。此事得到全体住户的一致拥护,并推举老茄担任巡逻队队长。他干得还真不赖,这几年,小区里平安无事,没发生一宗火灾和偷盗。

大约又过了5年吧,一天,老茄正乐颠颠地张罗着小区帮贫助残事宜，却突然昏厥倒地，送他到医院时，人仍没有缓过气来。他被确诊为脑溢血，康复的希望很小。

不久，老茄便处于弥留之际。医生叮嘱其家人去准备后事，而老茄却仍瞪大眼睛，嘴巴作念念有词状。谁也听不清、听不懂他在说些什么，连老茄的夫人也不能领悟之。他的心脏停止了跳动，眼睑张着，嘴巴张着，似有什么话没交代。单位的大大小小领导都来了，表达了尽可能多的慰问和哀意。可是，没啥作用，老茄临终时的表情就是这样让人揪心。

一会儿，小闵匆匆赶来了。他在老茄的耳畔说："老茄同志，你别自责什么'碌碌无为'，即使真的碌碌无为，你也比那些贪赃枉法的人，比那些贪官污吏要强得多。他们的人生也许并不碌碌无为，但那些人被老百姓所不齿。"

老茄似乎听懂了小闵的话，眼睫眨巴起来，嘴唇也抖动起来。

小闵眼含热泪大声背诵："……江南游子，把吴钩看了，栏杆拍遍，无人会、登临意。"

老茄脸上的皱纹开始展现出一种笑意，眼睛慢慢地眯了起来。

小闵有了一种大气、奇气并声情并茂地朗诵："人最宝贵的东西是生命，生命属于我们只有一次。一个人的生命是应该这样度过的……"

老茄听到这里，一笑，顿然眨了眨眼睫，合上眼睑，闭上嘴巴。他的脸上呈现出一片怡人的安详。短暂的寂静后，哭声四起。

在移动老茄的遗体时，小闵发现枕下有个信封，里面装着一份用纸片包裹着的存折。

纸片上是老茄用狼毫哆哆嗦嗦书写的遗言："很抱歉，我一生平凡，虚度年华却心不安然。这15万元，是我多年的积蓄，诚请转交给希望工程。同志们，再见！"

剪裁青春

七石缸传奇

江南小城七石巷的巷尾一陋宅，住着单身汉屠龙兄。他的命运真是不济，26岁那年，家中只剩下他一人。他白天做做小生意，晚上就在父母留给他的老宅院里消磨时光，运气好的时候，夜里也能做上一两个艳梦。也许是他的经济实在太窘迫了，稍微像样一点的姑娘都不会拿正眼看他。

一个细雨蒙蒙的晌午，屠龙兄在路上遇见了一位白须飘然的老者。这老者肩挑一担柴，力不能支的样子。他就接过老者的柴担，帮其挑到溪岸的一间老屋里。老者很感谢屠龙兄的好意，就给他一小袋米。他不好意思拒绝，就把那一小袋米带回家。

屠龙兄的家可谓一贫如洗，没有什么像样的家当。后院那只七石缸倒是完好无损，那还是他爷爷传给他的。一石等于十斗，一斗等于十升，这大缸可囤700升米，这道算术题他在初二辍学时就弄清楚了。可是，这七石缸，从来就没有装过这么多粮食。

屠龙兄把老者送给他的米放进那只空荡荡的大缸里。

这天夜里,他梦见那一小袋米变成一大缸米,开心得笑醒了。谁知,天亮的时候他到后院一看,那七石缸里真的盛满了白花花的米。

这样,他的日子好过多了:粮食不用愁了。而且这缸里的米总是不见少。于是他担着米到街市去卖。有了钱,他就添置了家具,维修了老宅,还娶了一个相貌不错的年轻女子为妻。

屠龙兄心里清楚,上次他遇到的老者一定有仙气神力,就买了礼品去拜望他。因为他知道,这个世界光凭那些米,是成不了大款、大腕的。到了那个溪岸,却不见何处有那座老屋,更不见白须老者的影子。他失落地拎着礼品回家。

妻子知道他的烦恼,笑着提醒屠龙兄:"老公啊,你的脑子也不开窍,这缸能变出米来,为什么就不能变出别的东西?"

屠龙兄一拍脑门:"对呀,我怎么想不到这一层?!"

于是,夫妻俩费了好大的劲把缸里的米移出来。那只米袋还在缸底。屠龙兄顺手往米袋里装进一只小瓷碗,放入缸内。第二天,神了,满缸是那种小瓷瓶。于是,他做起了小瓷瓶生意。七八块钱一只,不多时他就卖出数百只小瓷瓶。家里的钱就更多了。妻子对他也越发温存体贴。

后来,他把一叠百元大钞装进那只米袋里,天亮的时候,那七石缸里满是大钞票。

他在老宅原址造了座小楼,家里配置了一系列时尚家具、最高档的家电，还买了一辆宝马。只是那只体积庞大的七石缸，他仍把它置在大院里，像神物一样供着。这下，屠龙兄很自然地成了名副其实的大款，成了货真价实的大腕。

一天，屠龙兄想尝尝别的女人的味道，又怕妻子发觉了会闹，也就不敢乱来。这天吃过晚餐，他突发奇想：何不把老婆装进去，再变出一个来？他就动员妻子一试。妻子起先不允，他就解释："就你一个女人，我不够瘾。你不见那些有身份的男子大都有相好，嫖娼的也很多，有官位的弄个二奶也屡见不鲜。有了你的'第二'，我就不会有花花肠子了，你也可以放一百个心。再说了，你有了帮手，搞家务就可以轻松多了。"见妻子有点心动，他趁热打铁，承诺："如能变出一个，那她就是二奶，得听从你的管教。你是正宗夫人。"

妻子听听颇有道理，就抱着米袋在缸耽了一夜。

第二天，"二奶"真的现身了。她爬出大缸的姿势非常优雅，微笑在白嫩嫩的脸上荡漾。

屠龙兄真的艳福不浅了。那位"二奶"不仅漂亮，而且贤惠，伺候老公更有一套，弄得屠龙兄每每飘然若仙，美得不得了。"二奶"佳丽和正宗夫人相安无事，自觉维护正室的权威，所以，家庭的气氛依然很温馨。他也就能一心扑在发财的事上：炒股票，买基金，还一口气买下闹市区一大片楼宅，过几天又转手卖掉，赚钱赚得都分不清东西南北了。

妻儿耍娇，"二奶"献媚，屠龙兄就有点应付不了，赚钱的时候就感到精力不济。那天，他与妻子交谈起这件事，妻子说："解决这个矛盾并不难，再变一个屠龙兄来就是了。"

此言妙也。这天他就抱着米袋在七石缸里睡了一夜。第二天，"屠龙兄二世"跳出七石缸，成了屠龙兄的替身和助手。

开始的日子还算和谐，"屠龙兄二世"很本分。后来在两个女人的怂恿下，此男就有点越位的举动。有一次屠龙兄骂了他一句，他居然回骂。正应了一句老话：一山不容二虎。"一室岂能有二主？"屠龙兄暗忖，并想出了对策。

那天，屠龙兄把那位替身从妻子的床上拖下来，下逐客令："没有大小了吗？哼！'屠龙兄二世'，我给你300万，够你潇洒一辈子了。限你三日内离开我家，否则就对你不客气。"

"屠龙兄二世"有两位贤内助帮衬，并不怯懦，他斥喝道："你这个熊小子，肚里墨水就这么一点点，也不掂掂自己的分量。我给你600万，你走人！"

两人便争执起来，后来发展到大打出手。人手一根大木棒，你挥过来，我挥过去，任两位堂客怎么劝架都停不下来。

战事升级，从二楼追到三楼，从三楼打到宅院。两人围着七石缸转。大棒舞动，力不能挡。棒棒打在缸上。只听得"嘭"地一声巨响，缸被击碎。

与此同时，有一阵暖烘烘的狂风袭来，"屠龙兄二世"消失了，那位"二奶"消失了。消失的还有那幢小楼。

屠龙兄的宅院又变回原来的样子。他本人，也变回到原先那个穷困潦倒的单身汉。

天亮了。屠龙兄起床，开始忙碌，他得把一些零零碎碎的小玩意儿驮到街口去摆摊。生计可全靠这买卖了。

寻找眠石

一日，市开发区广场的中央景观处，围满了人。一位学者模样的中年男子，单衣躺在大圆石旁的鞋底状的巨型眠石上，呼呼大睡，鼾声酣畅。他的身旁，竖有一纸牌，上书告示："请勿打扰我的梦！"乍一眼望过去，这眠石上的酣睡者，真像是"眠佛"现身。

这种情形，有碍观瞻，也惹得好奇的围观者议论纷纷。有人认为这"眠佛"是个行为艺术家，有人说此人很可能是个精神病患者，也有人猜测这老兄不过是个弱智流浪者。众说纷纭之际，警察和"120"救护人员先后赶到。

此时，"眠佛"显然被吵醒了。他坐起来，舒臂打了个很夸张的哈欠，用优雅的手姿推了推耷落下来的金丝边眼镜，惊讶地说："这么多人啊，怎么，我让大家受惊了吗？"

赶来的救护医生问："同志，你病了吗？"

"眠佛"哈哈大笑,从兜里摸出香烟,点燃一支,猛吸一口,说:"谢谢,我很健康。"

一位稚气未消的年轻警察上前向他敬了个礼,说:"同志,你想睡觉,我们管不着,但这里是公共场所,睡在这里是不行的,请回吧。"

这位男子听警察这么劝诫,情绪有点冲动,他收起告示纸牌,朗声说:"我并没有看到,这眠石旁有什么'不准睡眠'的禁牌。我实在是太困了,躺一会儿,就犯法了吗?岂有此理?!"

围观者哄然大笑。年长的那位神情冷峻的警察劝说大伙儿离开,随后对"眠佛"说:"你很幽默,我很想和你交流一下。请随我们去警署……"

"你们以为我很害怕那种场合吗?不,一点都不!跟你们走,行!"中年男子收拾好简单的行囊,迈着匀称的脚步,朝停在路侧的警车走去。在他的身后跟着一串戏谑的笑声。

在开发区警署的休息室里,"眠佛"坦率地自我介绍:"我名叫孙芝臻,海归商贸博士。怎么,你们不信?哈哈哈……"

两位警察被"眠佛"的故事吸引住了。年逾40的孙芝臻在美国完成博士学业,回国已整整一年。他之所以尚未归属于哪个单位,是因为一直在寻找童年的"眠石"。这块鞋底状床垫般大小的眠石,原坐落于西部某省鸡毛乡瘦峪村,位置就在他家附近的小涧畔。孩提时,他经常躺在这块石头上打盹、做梦。后来他上县城读中学，上省城读大学，出国留学，都惦记着这块石头。可以这么说，正是对这块眠石的牵挂，才促使他放弃在国外优厚的待遇毅然回国。只是后来他获悉这块石头被卖掉了，且卖到哪里已无从考查，他才变得六神无主，寝食不安。这一年，他走南闯北，东游西荡，踏访了许多城市的街头和成千上万的生活小区，无缘会面眠石，想不到在江南荷城的开发区广场的中央景观处邂逅了它。

"一见到它，我的睡意就上来了，在上面沉沉地睡了四五个小时，似乎要把昔日因苦读而耽搁的睡眠补回来，哈哈哈……"孙芝臻有滋有味地诉说着。

两位好奇的警察当即去当时建造广场的路桥建筑公司做了调查，得悉：那块"眠石"的购买单位，确实曾从西部某省的鸡毛乡瘦峪村进了大量景观石料。警署这才知道，他们邂逅了一位高级人才，随即向市人才中心联系，把"眠佛"孙芝臻推荐给他们。

孙芝臻温文尔雅，谈吐机智，证件齐全，无懈可击。求贤若渴的市人事部门根据孙芝臻的才识，举荐他担任市外贸公司新产品推广处的顾问。疲于漂泊的海归博士终于在美丽的荷城定居了，年薪20万，另外获赠一套单身公寓。自此，他脸庞上那睿智的神采里，添了一种感恩的色调。

他的才干货真价实，几个月后，他把轻工系统积压如山的竹制品成功地销到西欧，又从非洲某国拿到了数万只仿水晶台灯的订单。他的工作很忙，几乎把一半的工作时间用来上网。不过,每逢星期天的晌午,他都会踱步到开发区广场,躺在眠石上睡一会儿。这是他的"特权",他照例出示"请勿打扰我的梦"的告示纸牌,谁也不会去干涉。久而久之,这位"眠佛"在荷城的知名度大增,简直到了妇孺皆知的程度。

不久,尚属单身的孙芝臻成了四五位未婚女子追逐的目标。经过再三权衡,他和漂亮而新潮的群艺馆声乐女教员确定了恋爱关系,他的传奇经历里添了浪漫篇章。

这天,孙芝臻在网上发布了一条供货信息,称他手里拥有大量各色景观石。于是,几天工夫,市内外、省内外许多房地产开发商和环艺公司、园林公司纷纷向他订货。当孙芝臻的银行账户里聚集了500多万元石料定金时,他在一夜之间"蒸发"了。那位群艺馆的女教员,由于联络不到他,就找到外贸公司,单位里的同事都说他大概去外地出差了。她又找到他的寓所,更纳闷了:开门的是一位陌生的男青年,男青年称此房是前天从一位名叫孙芝臻的业主手里买来的。此时,女教员方知自己遭遇了一个感情和物质的双重骗子,数天前,这个"眠佛"拿走了女教员的15万元存款,说是凑一笔钱款去买一套别墅,想不到他会溜之大吉。

这下,外贸公司也慌了,四处找孙芝臻。翌日,有信息传来,"眠佛"没有失踪,此刻他正在眠石上睡觉呢。当众人赶到开发区广场的景观处时,真的看到有个人躺在眠石上。女教员大喊:"孙芝臻,你还睡得着啊,大家都在找你呀!"

剪裁青春

　　那个酣睡者醒了过来，哈欠连连。众人惊呆了——此人蓬头垢面，衣衫褴褛，一个正宗的乞丐。乞丐告诉大家：他也不想睡在这里，是一个体面人给了他300元人民币作为薪水，要他这些天的晌午睡在这里。

　　13个月后，孙芝臻在南方一个海滨城市故伎重演时，被警方擒拿。这个"眠佛"系农家子弟，高中文化，精通电脑，曾在海外某观赏石商贸城打过工。他虽然渴求财富，却厌倦诚实赚钱。回国后，他染指骗术，游走江湖，屡屡得手，进项大增。不过，生活总是不断作出这样的提示：再高明的骗子，终究难逃法网的。

吼一声

孔益伸身材魁梧，人豪爽，平时里嗓门儿大，颇有名气。嗓门大，是优点还是瑕疵，很难界定。他年轻的时候，曾干过需要吆喝才能奏效的买卖；后来还当过轻纺厂织造车间主任。这些职业恐怕对他的嗓门变大有作用。可惜的是，他似乎五音不全，否则登台演唱，连麦克风都不需要。老伴给他取了个外号：300倍扩音器；邻居们干脆用他名字的谐音称呼他：吼一声。他也不恼，乐于接受。

这天清早，孔益伸上菜场买菜，买好菜就去烧饼油条摊买早点。那个摊的烧饼油条质量不错，所以生意特好。老孔排起了队，处在第七八位。此时，有一个时髦女郎插队，还未待他发话，那个女郎已经货钱两讫走人了。队伍仍是长长的，前进的步子太慢。老孔已经耐心地争取到第五六位了。又来了两个小伙子插队。老孔忍不住大喊一声："排队！"其声洪亮极了，插队者受了惊吓，朝喊话人望去，并未想改变抢先的举止。老孔再喊一声："要自觉啊！"这次的声音更响。两小伙感受到严重的警告，便嘀咕着移到队尾。

孔益伸回家，走到三楼楼道，听到楼上发出一种很嘈杂的搅动声。他好奇地登上四楼，看见有个装修工模样的青年男子正在用微型电钻钻邻居的门锁。他很纳闷，房门钥匙掉了也不必如此捣鼓，不由得脱口问："你干啥？"这声音的分贝很高，四壁又助于回声，那震荡不亚于一辆手扶拖拉机在发动，将电钻声也盖住了。青年男子收起工具就往楼下跑。老孔赶紧朝楼下大吼："抓小偷，有人撬门了！"这喊声气势恢弘，声震四邻，那撬门贼吓得腿脚发软，惶恐至极。楼下的邻居闻声，一起出动奋起追贼，很快将其抓住，移送警署。

老孔家在三楼，在阳台上看得见那片草坪，还看得见草坪尽头的有走廊连接的小竹亭。

他经常目睹一些顽童在那里玩耍嬉戏。有时还发现有孩子攀越走廊的扶手，爬到竹亭的顶上。每到此时，他就会生出几许忧虑。晌午时辰，老孔在小区里散步，转回楼前时，又看到四五个孩子在小竹亭搞攀越游戏。只见其中一位胆子偏大的小男孩爬到竹亭的顶端。这还得了，这竹亭的材质是竹子嘛，不会太结实的，要是跌落下来，地上可都是些鹅卵石，硬着呢。这么想着，他情不自禁地把心里的叮嘱说出来："小心！"

这声"小心"声波可不小，亭里的孩子被吓呆了，而爬到亭顶的孩子不知发生了什么事，一惊一咋地，手一松，人就从亭顶端坠落在地。这小孩顿时哇哇大哭。老孔急了，跑上前去扶小孩。家长闻悉后也赶来了，把受伤的孩子急送医院。所幸孩子无内伤，只是右脚腕骨折，但住院治疗也花去了一大笔钱。

家长便把老孔告了，认为他多管闲事，嗓门太大，是直接造成小孩坠落的原因。老孔真是有口难辩。法官认为老孔的出发点是好的，孩子们也实在是太野了，不从安全角度考虑，光从爱护公物角度讲，孩子们是有错的；但劝戒要注意方式，尽可能和风细雨，才能更充分地体现大人的善意。结果，小区物业、家长、孩子三方，再加上老孔，共同担责，也就是老孔得分担1/4的医疗费及相关补偿，计：2037元。不认也得认，同住一小区，抬头不见低头见的，不出这点钱心里也过意不去。

好在这天上午他的一声喊，抓住了一个撬门贼，立了一功。三个月后，市里综合治理办公室表彰孔益伸勇敢的一吼，颁发给他2000元奖金。他和贼是单独面对面，能够有勇气喊出那一声，维护整个社区的安定，就算见义勇为。

老孔拿了这笔奖金，加上贴进37元，才算"进出"持平。付赔偿金的那个月，他少抽了一条烟。他抽的烟是"上游牌"，每条37元，这样，他个人的零花钱也就不见拮据。

老伴好言劝慰："说话吧，该响的时候要响，该轻的时候得轻，要掌握分寸。"老孔晃晃头："难呐，难办到，这是瞬间的情绪表述，不是作秀呀。"

不管怎么说，教训还是要吸取的。孔益伸说话时，开始注意控制分贝，学着尽量把声音放小放低，也似乎有点长进。但如此一来吧，他的举止没了往昔的精神和气派了。

亲情纪念

这阵子，兰芹家可真热闹，她的一位远房长辈——七旬高龄的老表姨，不知怎么得知她家的地址，三天两头地往她里跑。老表姨长住上海，和儿子一家人一起过日子。在距沪200多公里的水乡荷城，她还有位年过五旬的女儿。老表姨从沪来水乡荷城，就是住在她女儿家。

也不知是因为子女们工作太忙，疏于照顾，还是人上了年纪的原因，心态方面有点那个，相处久了，感情上总有点腻烦，总之，老表姨似乎和她的后辈们不大合得来。这就是她时常会不顾高龄，往返于上海至荷城的原因吧。

据说老表姨曾经很有钱，但她来兰芹家总是两手空空的，尽管兰芹还有个正在读小学三年级的女儿。这就使得兰芹的夫君大舨心中有点不悦。

老表姨的女儿家离兰芹家约有两公里路。往来要穿过一条很深的小巷，要走一条很热闹的马路，还要过一座很陡峭的石拱桥。她来兰芹家总是徒步的，且乐此不疲。

老表姨虽然老态龙钟，但衣着整洁，举止大方，谈锋颇健。看得出，她曾是一个大家庭的闺秀和殷实之家的干练主妇。使大叛君不悦的不仅是这位老人的小气和腿勤，还在于她的嘴碎。她的话匣子太丰满，叨叨唠唠没完没了。大叛君有时在夜间或休息日需要静下心来看点书或写点东西，老表姨一造访，就完蛋了，再也没有兴致去操练那种所谓的雅致活计。

而兰芹总是那么温柔地、耐心地陪伴她，微笑着用心地倾听她的絮语。有时留老人吃顿饭，有时陪送她回家，有时则在和她女儿家联系后留她宿夜。年过三十的兰芹是位贤妻良母型的女人，她对老人都是那种温顺恭敬的态度。

老表姨的女儿家和兰芹家虽然同在一个城市，但很少来往。一则是她们两家的亲情毕竟较远，另一则大家都很忙碌，忙碌的事情又不太相近。

有一次，老表姨说她这趟出来，目的是为了选购一双轻便一点的鞋子。兰芹一听，连忙叫她别颠跑了，就一人出门把合适的鞋子给买了回来，并一定不要她付钱。还有一次，老表姨谈起新鲜荔枝的滋味，兰芹闻言，就悄悄买了一斤平时怎么也舍不得吃的新鲜荔枝送给她。

世事有时真有点不可思议。也许这一老一少有缘分吧。有时大叛君看看这两人的形貌有几分相似，心里就琢磨着这里面有什么奥秘。可是老表姨的"吝啬"却一点都没改变。直到那一天，老表姨要回女儿家时，天下着雨，她执意要走，兰芹只好叫来一辆载客三轮车，付了钱，叫车夫把她送到指定的地址，她才似乎有点感动了，再次来访时，居然带来一只扁圆形的饼干盒，说是送给兰芹的女儿的礼物。

这饼干盒有点沉，里面装满了各式糖果、蜜饯，黏黏乎乎、七零八碎的。可以想象，这些玩意儿是几次待客后陆续积攒下来的。

大舣君用鼻孔哼出一个极淡的带有点轻蔑的声音。兰芹却很高兴，说，这总是老人的一片心意嘛。

老表姨终于回沪了。不久，就传来她溘然病逝的消息。兰芹很伤心，还去邮局拍了一份鲜花吊唁电报，嘤嘤哭泣了好几天。

又过了些时日，兰芹家的住宅拆迁。在忙忙碌碌的整理取舍家中旧物时，大舣君把那只饼干盒连同里面的食品一起倒在准备弃之的纸箱里。兰芹凑巧看见了，就拾起这只盒子，倒掉里面业已变质的东西，说，这么漂亮的盒子，丢掉多可惜，留下当针线盒吧。

大舣君自然没必要反对。

这样，这只空饼干盒随同搬迁到了这对工薪夫妇的新居。盒子就放在主卧室离大床很近的藏品架上。它那扁圆的造型，以及印有外文字母的深蓝色条块及其花纹，倒也别致。当然，把它置放得那么显眼，兰芹是出于取拿针线方便的考虑。

搬了家，购买了房产权，加上装修，兰芹家欠下了一笔债。这要靠他们全家好几年省吃俭用才能得以偿还。

163

一日，一位在旧家具公司任职的古玩爱好者到兰芹家做客，一眼就注意上了这只饼干盒。经他鉴定，这是一只18K的金质盒子，重500余克，光材料就值七八万元。由于制工精巧，观瞻价值高，来客愿出12万元予以收购。

尽管兰芹还债心切，但思量再三，仍舍不得出手。

直到现在，这只金质盒子仍被兰芹派作摆放针线之用，只是在它的外面被她护上了一个漂亮的紫红色灯芯绒缝制的罩儿。

这是一位孤寂老人的馈赠，这是一份亲情纪念。兰芹时常这样对她的夫君大皈说。

剪裁青春

得失由天

　　滕君和他的夫人均是工薪阶层，所在的居民点，他家并不引人注目，这是很自然的。由于经济上的原因，滕君家的住处可以说非常落伍，没什么装潢。门是普通的木门，阳台也是露天的，一点儿点缀也没有。

　　也许是滕君夫妇长期虔诚所致，也许是苍天有意相助，滕君买的五张2元面值的福利彩票，其中一张居然中了个二等奖——税后奖金268000元。夫妻俩乐的一宵没睡觉，兴奋之余，他们决定从奖金中提取3万元捐给灾区。那天兑奖时，滕君便悄悄就近把善款打到红十字会的账号上。因为尚未考虑成熟该如何处理这笔钱，也是因为一辈子没见过这么多钱，夫妻俩决定把余下的现金先带回家里，过过掌控巨额现金的瘾再说。

　　在单位和亲友、邻居之间请了客，发了水果糖和香烟之类的蕴含喜庆色彩的小玩意，消耗了数桌中档酒宴，还剩余

19万元。由于一时难定使用这笔巨款的方案,就把巨额现金藏在卧室水泥板阁顶的那只旧皮箱里。开启旧皮箱,须借助小竹梯的攀登,所以此处是比较保险的。

与此同时,更为保险的措施也酝酿成熟:①给前门装一扇"狼狗牌"防盗门;②为露天阳台安装全封闭铝合金有机玻璃窗。当然,作为附属工程,也准备在小客厅和卧室作些一般性的装修。总共预算3万元。

找朋友,找内行,都认为要完成这几项工程,3万元的预算远远不够。而滕君又不愿意太铺张,他拮据的日子过得太久了,深感钱囊苦涩之尴尬,所以有了钱也不忍心浪费。

一日,滕君在公园里早练时,认识了一个姓简的居室装修师。简装修师给了他一张名片,答应用2万元,就能保质完成上述几项工程,滕君很中意。

这样,简氏装修师就带来三个徒弟进驻滕君家,热火朝天地干了起来。滕君夫妇还常备些酒菜慰劳装修师傅们。

防盗门装上了"狼狗牌"的;铝合金阳台窗也装上了。滕君家开始在所在的居民点亮眼起来。星期天,滕君家又宴请客人。

简氏装修师举杯:"现在的社会风气有点那个……"

滕君点头:"是有点那个……"

"装防盗门和阳台玻璃窗,是很富有远见的。这样一来,保险系数就大了。"简装修师已有三分醉意。

"为来为去就是为了增加'保险系数'嘛……哈哈!"滕君也有三分醉了。

剪裁青春

简氏装修师和他的几个徒弟在滕君家忙了半个月，汗也洒了，酒饭也没少吃。简装修师和滕君似乎很投缘，相见恨晚；一个见多识广、技艺高超，一个温文尔雅又慷慨大度。连滕君的夫人也常说，他们两人真像一对好兄弟。

这天，滕君对三项工程进行验收，非常满意。他即把所花费用的钱款全部付清，又加赠一条红塔山香烟。随后，简氏装修师就彬彬有礼地和滕君握手道别了。

夫妻俩总算定下心来，这下家里就保险了。

兴奋过了，忙碌过了，滕君和他夫人才有心思来安排所得奖金的余额——165000，选择何种投资方式好。滕君想买基金，夫人则倾向于定期储蓄。争论了半天，最后折中处理：买三年期凭证式债券，既体现支持经济发展之意，又能保值、升值，急用时又能提前兑现。

当滕君爬上小竹梯去取款时，惊喊起来——旧皮箱里的巨额现金不翼而飞。他吓得四肢发抖，从竹梯上滑落下来。与此同时，滕君的夫人也惊叫起来——卧室玻璃柜里的三只老式宜兴紫沙壶也没了踪影。

于是，夫妻俩连夜去警署报案……

幽默片警胡噜卫

胡噜卫的名气不小,他是我们市郊辖区面积最大的片警,人特幽默,堪称调解高手。他从警有点年头了,担任过所长、教导员。49岁那年,他从领导岗位上退下来,在郊区莲花派出所当了一名普通社区民警。一眨眼,四年过去了。辖区的老百姓喜欢和他这位老党员打交道,听他幽默的言语,委实是种享受。当然,更多的人找他是为了请他帮忙解决问题。

前阵子天大旱,田地里的庄稼急须灌水。那天,枇杷村的村主任老霍和樱桃村的村主任老符一前一后地跨进他的家门,把各自"进贡"的礼品——一条中华烟、两瓶五粮液硬是留下。唉,为啥?为的是乡机埠送水先后之事。争先恐后的,纠纷越闹越烈,疙瘩越积越大。一句话,要胡片警为他们的村子说话。胡片警暂且收下双方的礼品,沏茶递烟,也没立马表态。翌日,他分别登门拜访了符主任和霍主任。

在枇杷村的霍主任家,胡片警把符主任给他的两瓶五粮液给了霍主任,笑道:"老霍啊,都是自家兄弟,你看你,樱桃村的老符让我把这点小意思送你,有事好商量,有话好好说嘛。"

在樱桃村的符主任家,胡片警把霍主任给他的一条中华烟转赠给符主任。笑道:"老符啊,都是自家兄弟,一碗水分得清你我?枇杷村的老霍托我的把这点小意思交给你。有事好商量,有话好好说嘛。"

如此一捣鼓,嘿,霍主任和符主任一下成了亲兄弟似的,姿态很高,皆自动把送水的时间延后。这团烦人的乱麻很快就解开了。

一天,胡片警家来了位不速之客,是以前的老邻居张婶。张婶哭丧着脸,细说登门之意:她那在铸管厂当钳工的儿子因斗殴伤人进了看守所,求他去说说情。张婶临走前留下一个内装2000元的红包,说是打理此事的费用,怎么说她都不肯拿走钱。看在张婶差点要下跪的份儿上,他暂且留下红包。待有空档时,他买了一袋红富士苹果去看望张婶的儿子。了解了案情后,他对钳工说:"你要正确对待自己,打人是不对的,打伤人就更错。你不知道,你处事只图痛快,伤的却是你妈的心啊。"说罢,便把那个红包递给他,说是他妈交给他,让他在理赔伤者医疗费时姿态高一点。"后来,这个钳工因认罪态度好、及时拿出赔偿金,得到宽大处理,免于起诉。而这一切张婶还蒙在鼓里,以为老邻居胡片警真的为他儿子说上了话。

老胡上班时,身穿警服,蛮严肃、蛮威武的,其实,他也是个富有生活情趣的人。他的宝贝女儿在北京上大学，老夫妇俩回到家不免落寞。打从他在地摊上买了十多个处理品花盆以后，便热火朝天地种起花来。不过，限于财力，他也不过种一些平贱的花卉，比如太阳花啦，凤仙花啦，文竹啦。上班前、下班后，他待在后院浇浇水、松松土，以排遣思女之情。

这样一来，胡片警倾心花卉的爱好，不胫而走。这天，他对夫人说，现在蔬菜贵，我们还是种些青葱绿蒜吧，既能观赏养目，又可省些佐料钱。夫人顺他的意，积极响应。就在胡片警家后院呈一片绿意盎然之时，辖区内的一位花卉商派人送来一盆君子兰和一盆五针松。长期受夫君耳濡目染的夫人哪有不懂其中之利害，断然拒之，理由很简单：咱家只种青葱绿蒜，那高贵的东西咱伺弄不好。原来，这位花卉商涉嫌偷税、漏税，想请胡片警出场说说话。自然的，这一次，他轻松摆脱了非义之纠缠。

有记者采访他，要他介绍、介绍廉洁从警的秘籍，他总是支支吾吾、期期艾艾说不出个理儿来。只是在非常疲惫的情况下，他才嘱夫人为其酌一杯自酿的米酒。每每喝到半醉时，他就会一个人嘀咕：勤政能养廉，忙了，为群众的事忙了，心里头那条"贪虫"就休眠了；而廉洁奉公，也能使勤政的功效倍增，因为大家看重你的品行，你说的话才有分量。是吧？！"

这时，他的那位糟糠爱妻，就静静地坐在他身边，微笑着欣赏他的醉态。

天长日久的，胡片警又添了一个雅号：拒贿高手。

剪裁青春

湖畔往事

偌大的湖面，碧波荡漾，有游船数艘往返其间；岸畔草径幽幽，姹紫嫣红，暖风酥人。

郑淡在岩石上踯躅。他双手插兜。口哨声吹得脆弱欲断，苍白而瘦削的脸庞上没有阳光。突然，斜刺里冒出一青年，伸臂拦住他："对不起，借个火。"

郑淡一愣，旋即明白，从衣兜里摸出一盒火柴。

接下去，都是陌生年轻人的嘟囔。他说他名叫萧浓，首次来到这个美丽的湖畔旅游；人生地不熟的，愿与郑淡交个朋友，并邀请他作陪游，钱款全由他——萧浓一人支付。

郑淡犹豫了片刻。他可真的没有多少钱，只能在湖畔转悠转悠；他常年在邻省的一个小镇上生活，虽然渴望熟悉熟悉都市风情，但此刻已甚感无所谓；不知借火青年的底细，分辨不出对方是好人还是坏人——如果是坏人，他也来不及检举，得一笔见义勇为金恐怕也与他无缘。如此这般地，瞬间便完成了天上地下、云绕雾缠的思考。尽管犹豫再三，郑淡还是答应和这位神情犹豫又热情异常的小伙子交个朋友。

萧浓像是极有钱的主，花钱很大方。雀巢咖啡卡拉OK茅台酒软中华高级宾馆，无不涉足一番。

三天后，郑淡发现一个秘密：萧浓每每在入睡前泣不成声；甚至连梦中的呼噜也嵌入呜咽。尔后，他把萧浓数夜来断断续续的"梦呓"合成，方知萧浓来湖畔的动机：他因婚姻失败而决定花光一笔钱——女方给他的"爱情赔款"——就结束生命。萧浓"雇一位陪游大概是想让世间知道有一个年轻的生命曾经在美丽的湖畔出现过，尔后又像流星一样陨落。郑淡心地善良，和萧浓同庚——25岁，还没有品尝过爱情的滋味。他来美丽的湖畔，是为了办一件"绝活"。此刻，他辗转难眠。他想帮助这位初识的青年，但怎么个帮法，颇费思量。郑淡极力思索，还是身置雾中。他把这种迷茫归咎于自己心情不好。说实话，像他这种心境的人委实不适合深谋远虑。

一日，两人又同游湖畔的一个风景点。在非常冷清的临近湖边的小岔道上，郑淡渐渐把萧浓落在身后。临到湖边，郑淡不假思考地悄然失足跌入湖里。

萧浓见前面有浪花翻起，又不见陪游的影子，大惊；大乎其名，直奔过去纵身跳入湖里。少顷，他的手抓住了落水者的头发。

郑淡被拖上岸后，神色显得很凄惶、疲惫。他忘情地感叹："生命是多么可贵，生命是多么可爱……"

剪裁青春

萧浓闻言,一激灵,心结顿解:"朋友,你是故意落水的?你是为了救我……"

郑淡苍白的脸上一阵阵泛红,口语诚挚:"不、不,……我是为了我……我不会游泳,……真的,这么凑巧。谢谢你救了我……"

萧浓自然不相信陪游所言,郑淡也难以叫萧浓相信自己的心迹。不管相信不相信,都无所谓了,因为当夜两人都喝得酩酊大醉,决定:翌日起程,返回各自的故乡。很多年过去了。萧浓还健康地活着,他在故乡和一位志趣相近的淑女结了婚,有了孩子,家庭幸福。

每年春季,萧浓总要独自一人去湖畔走走。他真想能再邂逅郑淡。但这是不可能的了——未透露家址的郑淡在那年冬季就溘然病逝了。那年春季,郑淡得悉自己患了血癌,便想到那个倾慕已久的美丽湖畔寻找归宿;意外相遇了陌生青年。而这一切,萧浓均不知道,郑淡也不想让他知道。

春风又绿湖畔。游人云集。临水的石岸上,有一位中年男子在忧郁踌躇,他是萧浓……

柴禾和他的一条缝店面

一条缝，形容狭窄；一条缝店面，则形容店堂窄小。此店面坐落在步行街的两个商店之间的夹缝里，是个楼梯走廊，宽约2米，长约5米。这个场地的产权属于一位名叫柴禾的弱智大龄青年。详细一点说，这临街的楼梯走廊，加上面积大致相当的后走廊，再加上楼上的两个面积各为20平方米的房间，是柴禾和他的亲弟弟柴鑫共有的财产。后来他们的双亲故世后，比较霸道的柴鑫把柴禾楼上的一个房间占为己有，柴禾只好在"一条缝"的楼梯走廊栖居。哥哥虽然脑子不太灵光，但他能够体谅弟弟的难处，弟弟结婚了，房子当然要大一点。

那时，已过而立之年的柴禾，在荷城豆制品厂有个能维持温饱的差使，蜷缩在"一条缝"的日子也苦中有乐。日子过得很快，转眼到了经济搞活的年代。往昔萧条的步行街变成商业繁荣地段，形形色色的店面像雨后春笋般冒了出来。

自然的，柴禾苦涩的生活也就有了转机。

首先是一位修锁师傅以月租300元的价钱，向柴禾租下了他的栖身之地。"一条缝修锁店"也是有感于工作场所的窄小而取的名。柴禾用一半的租金在城郊租了一个厨卫齐全的小套房。他的日子也便滋润起来。三年以后，修锁师傅在沪上工作的儿子把父亲接去养老，为人厚道的修锁匠介绍一位牙医入驻楼梯走廊。"一条缝牙诊所"便开张了。牙医收入高，给柴禾的租金也高，每月500元。半年一载地下来，牙诊所的生意越来越红火。

在本城纺织厂当保全工的柴鑫33岁那年下岗了，其妻的单位经济也不景气，收入很低；儿子读小学了，费用不菲。柴鑫就和哥哥商量：把楼上的那间房还给他，"一条缝"归弟弟所有；考虑到此店开得顺了，升值了不少，便把后走廊也划给哥哥。因为后走廊不临街，只起到登楼作用，所以弟弟就很爽气。柴禾笑嘻嘻答应了。他退掉了在城郊的小套房，回来和弟弟做邻居，蛮高兴的。

柴鑫把店面的月租金提高到700元，那位牙医也允诺了他。

再后来，步行街的布局有了变化，又辟出一条新街，已属于柴禾名下的那爿"后走廊"也临街了。这样，有个做丝绸服装的女老板看中了那间经过后走廊即能通达楼上房间的地盘，与柴禾洽谈，她要租下那爿"后走廊"连带楼上的小单间，承诺年租金18000元，半年一付。柴禾自然乐意。他让出自己的地盘，重新回到城郊的那个租房。有意思的是，这个服装店取名"后一条缝服装屋",生意是好得不得了。

一年过后,柴鑫夫妻俩又觉得好事不能都让哥哥占了,又用"一条缝"调回那个地盘。柴禾觉得弟弟度日不易,侄儿尚年幼,拮据的生活会影响孩子的健康成长,把租金丰厚的地盘返还给弟弟,理应如此,没有什么不可以的。柴禾有了牙医每月付的700元,加上自己的一份薪水,衣食无愁,知足了。

这样又过了几年,兄弟俩依仗父母留下的旧楼,生活质量日渐提高。

天有不测风云。夏日里的一个晌午,一辆三辆车在运载服装时,不小心把人撞了,地点就在"后一条缝"的门口。被撞者伤了腿骨,光医疗费就用去2万多元。赔偿谈判很揪心,"后一条缝"开店,也是酿成车祸的原因之一,这样女老板、三轮车运货员、产权人三方共同承担。柴鑫就瞪着眼睛向哥哥要这笔钞票。他认为最先出让地盘的是柴禾,损失自然得他认。那位牙医打抱不平,认为那时段的受益者是柴鑫,赖到柴禾头上不公平。柴禾却叫牙医不要干涉他们的家事,很爽快地拿给弟弟1万元,作为弥补。

也有人给年过四十的柴禾介绍对象,对他的评价还蛮高,什么人憨厚,经济有保障,虽弱智,但生活能自理,还明事理,等等。他知悉后,笑笑,表示他这辈子是不会有情事啰,也许见到了先父先母,他们会给他张罗一个俊美的媳妇。

谁知这句戏语,有点谶言的意味。那天,柴禾身体不适上医院就诊,被医生诊断为脑癌晚期。只一个月光景,他就处在弥留之际。在城郊的出租房里,他交给弟弟一包钱,钱里夹着一封信。信是这样写的——

亲爱的弟弟、弟媳,亲爱的侄儿:

你们是我在这个世界上最亲的人了。我多想继续和你们在一起。可是老天爷不同意,非得要我先走一步,我也没有办法。付清医疗费,还留下这55000元,是我平时的积蓄,其中大部分来自那些租金。爸妈去得早,但他们没有甩手不管我们,他们留给我们这两间旧房,足于体现了他们的爱心。我想到他们,梦里也会流泪。钱不多,就作为侄儿的上学基金吧,希望他日后能上北京、上海读大学。拜托你们把侄儿培养成柴氏的骄傲……

柴鑫读到这里,泣不成声。信的笔迹不是哥哥的,这封信是"一条缝"产权人委托那位牙医写的。他还付给牙医100元的笔墨费。

后来,柴禾得到弟弟一家人精心的护理和照顾,在临终前那段短暂的日子里,他感受到了人间最温馨的亲情。

不久,柴禾含笑去了另一个世界。

再后来,这个江南小城的许多市民,都知道曾住在步行街的弱智者柴禾,他的名气好大。

巧手妈妈

"她是一位少妇。冰清玉洁。楚楚动人。有一双白皙的纤细的手,灵巧极了……"

我凝神打起腹稿,就这样开了头。我是在近日的省报上获悉本市化工厂的女工方丽娟夺得"巧手妈妈竞赛"一等奖的消息的。她的作品是一件花式儿童绒衣。

接下去,我是这样构思的——"这双手极柔软,指甲修剪得很整齐,十根手指白净得似凝脂一般……"

这个"巧手妈妈竞赛"是两个月前由省报和省妇联发起的。参与者的范畴限35岁以下的年轻母亲,制作与儿童生活有关的手工物品,或童装或绒衣或鞋袜或书包,寄给报社,再由评委会根据制作物品的创意和做工等项来评定。

"这双美巧的手,曾经……"我的文思如泉涌。要知道,我是本市小有名气的报告文学作者,文笔不错,已发表多篇颇有影响的作品。眼下这块好材料当然不能放掉。照老办法，我在采访前先把稿子的框架定好，拿出草稿，以便在采访结束后，甄别细节、充实内容，从速发稿。

我点燃一支烟，继续写道："那一年，同厂的一位男青年发现了她的美巧的手，于是穷追不舍。她问他：你爱我什么？他倒也爽气：我爱的是你这双手，漂亮，勤快，又灵巧。她的素手揿了揿他的额头：你呀，你好坏呀……"我笑了，多少为自己的小才情自鸣得意。

采访正式启动。我跨上单骑，一支烟功夫就赶到化工厂。遗憾。今日厂休。不过厂传达室的老师傅告诉我方丽娟的家址：幸福巷105号。

一路上，我的思维又活跃起来："她平时就喜欢唱歌、跳舞，更喜欢编结绒衣。那一年，她为男友编结了一条新颖的花式绒线围巾，使得风度翩翩的他更具魅力。后来，她和男友就结成了伉俪……"

到了，幸福巷，105号。

叩门。一位面容俏丽的少妇启门："您？……"

我彬彬有礼地问："方丽娟同志在家吗？"

少妇的神情有点惊讶："我、我就是，请进吧。"

我言简意赅地说明登门动机："从省报上获悉，您荣获……"

她含笑点颔："有这回事，我也意想不到。"

我环视了一下居室。典雅而清洁。窗明几净。窗幔下是铺着手工线结台毯的小桌。桌上有一件尚未完工的绒线裤。这样温馨的居室，哪能离得开一双女人的巧手？！我有点得意了，拿出笔记本："请您随便谈谈您的生活和您的手。"

方丽娟脱下手套，为我沏茶。

我的心一咯噔。怎么？她的左手残损，少了无名指和小指，而右手，几乎只剩半个手掌。皮肤疙里疙瘩……

她非常坦率："我的手吗？五年前的一天，咱车间出了一件意想不到的事故，我冲上去，手就……"无限惋惜的心绪，使她的变得有点感伤。

我目瞪口呆。少顷，一种高朗的神采又回到她的脸上："事故被排除了，还是值得的，否则工厂的损失就大了，还要危及好几位同事的生命。"

坦率使心的距离缩短。我脸红耳赤地向她袒露我在见到她前，所臆测的关于她的故事。

她听后爽朗地笑起来，白皙的脸上充满阳光："谢谢您给我带来美好的回忆。您的想象真丰富。我的手原先可真的如同您想象的那样，而我的丈夫起初也真的是迷恋我的手而爱我、娶我的。"

"真想不到……很冒昧的。"我十分抱歉地搓着手说，"您的手受伤的时候，您有孩子了吗？"

方丽娟的脸红了："没有……那时还没结婚呢。不过，一等我的手伤痊愈，我的男友就'逼'我提前把婚事给办了，因为他始终爱、爱我……"

告辞了。我紧紧握住她那双残缺的手："真佩服您，您不愧为'巧手妈妈'……"

小巷深处，有一支歌在荡漾："世上只有妈妈好……"

剪裁青春

箍桶匠和他的儿子

在荷县，很难准确地评论，箍桶匠金根和他当县长的儿子金柱，名气谁大谁小。这么说吧，四乡八村的，说起箍桶匠金根，几近无人不知、无人不晓。他的名声鼎盛期是在上世纪六七十年代。他挑一副箍桶担走乡串村，制作的水桶、蒸桶、脚盆、马桶等木质玩意，成千上万，无法具体计数。金根手艺之神奇，令人啧啧赞称，一堆不成料的杉木，经他打制、琢磨，全变成不漏水的盛器。后来他进了城，成了县手工业联社的职工，也干箍桶这活，年年上先进工作者的榜。现今他年逾七旬，领退休金在老家樟村安度晚年。当然，他最满意的作品乃是他的独生子金柱。他用箍桶劳作的微薄收入，培养儿子读大学、读研。41岁的金柱现在是口碑颇好的一县之长，在任上已干了三年，前景很不错。

虽说现今城里的老百姓使用木质盛器已少之又少，但儿子金柱一家还是保持这个老传统式的喜好，家里除了抽水马桶是瓷器，什么水桶、浴盆、脚盆、脸盆都是木质的，且都是箍桶匠老爹亲手打制的。照金县长的说法，日常生活中使用木质盛器，接地气，有利于健康。实质上他是想用这种方式来缅怀父辈的艰难岁月，以促自己保持劳动人民的本质，勤奋工作，当然这也许只是潜意识的驱使而已。

初夏里的一天，金根挑了副箍桶担风风火火赶到县政府住宅大院，进驻儿子的家。儿子、儿媳和读小学的孙女儿都感到很惊讶。以前金根和老伴在儿子家住过一阵，后来就不常来了，说是受不了"铁栅栏、防盗门"的封闭。老人家这次来，还携带箍桶的所有家什，难道他要重操旧业？！这多少有点让家人难堪。

金柱一见到他爹，满面困惑："爹，您老人家有退休金，我嘛每月也给您老定钱，怎么还会差钱？！"

儿媳妇也附和嗔道："爹您也真是的，现在城里哪家还用这些笨木器？不会有啥生意的。"

老爹一撸颏下的胡须："别误会，我不是进城揽活的。我听说咱儿子家里的木器玩意大多漏了，特来修理的。"

金柱更惊讶了："没有的事，爹您的手艺好，那些东西我们一直在使用，没见坏呵。"

老爹闷声闷气地说："你们忙你们的，等会儿我来检查、检查，再好的木料玩意，也不能过了保修期。"这么说，大家也接不上话茬，便由着他性子展摆箍桶担里的众多工具。

原来，前几天，几个老乡在金根家附近的大槐树下喝茶聊天，谈及的事和儿子金柱有关。有说金县长亲民，做事有魄力；有说金柱有出息，只是和县里的富豪们过往甚密，经常在一起聚餐娱乐；有说常在河边走，想不湿鞋很难的，等等。这些闲言碎语风儿似地传到金根耳里。金根闻言，心里一咯噔，暗忖：这不是个事儿，得立马赶过去给儿子提个醒，别当官当昏了。他想儿子学历高，大道理该都明白，说啥都白搭。左思右想，他便从阁楼上把那副闲置经年的箍桶担弄了出来。

　　午后，县长夫妇都出门上班了，孙女儿也上学去了。金根喝足了茶水，便撩起袖子忙碌起来。他把儿子家的木质盛器一一检查了一遍，坏的还真不多。那只脚盆的铁箍是松了一点，他把它弄弄紧；那只浴盆的箍是没松，但稍有点渗水，他用自己特制的油腻子将盆壁的缝隙按了个严实。当他在玻璃橱柜里把那只杉木饭桶移出来，揭开盖一看，竟发现里面装有一副微型金属小玩意：水桶、脚盆、马桶、脸盆，精致小巧，惟妙惟肖。触摸这些金闪闪、沉甸甸的小杂件，他的眉头打起结，心里却有了底。

　　晚餐，爷儿俩喝了酒。喝到半醉时，金根说："儿子呀，和商人也不是不能有友情，但不能勾肩搭背。"

　　儿子反诘："不懂，爹您说的是啥意思？"

　　老爹放下酒杯，说："这还不懂，亏你还是个管理学研究生哩。你想想，咱樟村上千户人家，发财的有不少，但要说当官干大事的，也只有箍桶匠金根的儿子。你是一县之长，乡亲们的眼睛都瞄着我，更瞄着你呵。"

金柱咪了一小口酒，沉吟了一下，回话："人是感情动物嘛，樟村的乡亲们对我有感情，我对樟村的乡亲们也是有感情的，我不会让大家失望的……"

老爹笑言："你能这样想，很好。爹这次来嘛，不是来干箍桶活的，但要说一说这箍桶的活计，这也是你妈的意思。爹箍了一辈子桶了，对木质的东西，对铁箍、铜箍、竹篾箍的感情是很深的。"

儿子给老爹斟酒，嘻笑："爹，大家都说您是'箍桶大师'，老劳模嘛，您的心情我能理解。喝酒呵，别只顾着说话，嘀嘀。"劝酒之际，金柱狐疑地望着金根，琢磨着这位'箍桶大师'今晚"醉讲"的用意。

"儿子，吃块鸡翅飞得高。哈哈，说我是'箍桶大师'，不敢当。但你爹我的箍桶技艺是第一流的，当然，这是过去的事了。"金根挟了一块鸡翅给儿子，狡黠地眨眨眼，话题一转，"我说呀，箍桶、箍桶，箍是很重要的，箍松了、坏了、烂了，那木桶不漏才怪！你是箍桶匠金根的儿子，爹不想让自己的'产品'质量出问题，更不能发生'漏水'的事，坏了祖上的名声。儿子呀，爹知道你是个明白人，工作上也一直很勤勉的，要珍惜自己的口碑。你想想，你和那些大老板有过什么勾当？"

金柱沉默了。这些天，是有几个人围着他转，无非是要他"高抬贵手"，帮他们在政策上打点擦边球。那些人也没少送礼，大的礼他都退回了，就是县房地产开发公司的计老总和环球超市集团的哈董事长联手送的几件小玩意他留下了。这东西很有意思，是一套镀金的微型铁质水桶、脚盆、马桶、脸盆。客人说是特意为他老爹定制的，他们打小就知晓箍桶匠金根的好手艺，特敬重，弄这些小纪念品，只是聊表敬意，留个念想什么的。话说到这个份上，他就不好意思拒收了，把这些小玩意儿搁进那只闲置的小饭桶里，也便忘了有这回事。

"爹您言重了，我和他们能有什么勾当？笑话。发展经济嘛，总得和那批商贾们打交道，我是县长，很多事得由我露面，这也是没办法的。哦，您不说我差点忘了，有件东西是人家送您的。"金柱趁着酒兴把那只小饭桶拿了出来，递在老爹手里，"这些年我也没收人家什么东西，只留了桶里的这几件小工艺品，您掏出来看看。"

金根脸上的微笑淡去了，捧起小饭桶细细打量："嗯，这小饭桶倒是好好的，没什么损耗，只是这桶里的东西嘛……"

金柱见老爹不动手，便伸手自个儿掏桶里的东西，说："蛮好看的，您一定喜欢。"

金根的话有点硬："你能主动交出来，态度还不错。"

金柱一愣："噢，爹您见过这东西了？什么态度不态度的，这算不上什么贿赂，我做事很注意分寸的。"

金根冷笑："还注意分寸？哼！这些人真会投你所好，弄这些个小玩意，也太抬举我这个箍桶匠了。你看，这玩意金光闪闪的，要把我这个箍桶匠捧到天上去不成？！"

金柱："人家也是好意嘛，爹您不喜欢镀金的东西？"

金根一件一件用手掂过分量，收敛起笑，问："镀金？咋这么沉？什么东西？"

金柱："本体是铁皮的，外表嘛是镀了金，不值几个钱。他们知道您以前当过箍桶匠，许是会喜欢这些东西。"

金根把脸一沉："他们的话你也当真？！"

金柱斜着眼："爹您是木匠、箍桶匠，不是金匠。"

金根拍拍儿子肩膀："爹虽不是金匠，但拿惯了铁槌、铁凿子，熟悉铁的分量。"

金柱放下酒杯，撮起一只微型脸盆，上看、下看："这东西难道会是……"

金根："儿子呀，你跟我好好掂掂，这些东西加在一起少说也有半斤重，半斤重的金子要多少钱哪？你当县长当傻了呵。"

这一说，金县长的酒也醒了："是吗，要是这玩意是纯金打制的，这可严重了。"

老爹举起酒杯，猛地喝一大口："不要说是金水桶、金脚盆，就是镀金的也不能留。他们无利不起早的，能白给的？！"

当晚，金县长辗转反侧难入眠。好险啊，幸亏老爹来得及时，否则可要乱套了。嘀，有个对"箍"颇有研究的箍桶匠老爹，真是自己的福份呀。哼，他们的东西我一样都不能留的，一律退还。他就这么云绕山峦地寻思着，渐有睡意。少顶，天也亮了。

红　橘

"叔叔，买橘子吧？不甜不要钱。"一个穿红衣服的乡里小妹子，在街头向路人夸着她的橘子。她十五岁，在市郊橘乡中学读初二。今天是星期日，她代阿爹进城卖橘。

范则钢停步瞟了一眼。不错，只只饱满，颜色鲜红。这位年轻的市质监局新任局长，喜欢橘子鲜丽的形态，更喜欢它鲜美的滋味。当然，他私心里也把这类亲自购物的行动，视做体察民情之举。

"多少钱一斤？"他问。

"3元8角。"她顺手从已剥开的那只橘子里扒出一瓣，递给范局长："尝尝，不买没关系。"

果然很甜——品牌蜜桔。行。范则钢挑了十来只。

有一支很美的歌从谁家的录音机里飘来。

她看着秤，对范则钢说："3斤半。13元3角。"

货款两讫。

范则钢的妻子比老公更爱吃橘,也比他更有度量衡观念。她问了橘子的斤两,眉一蹙:"你没有吃过?怎么只有这么几只?"

范则钢用小秤一称,才感到事情有点不妙。只有3斤1两,短了足足4大两。真没想到,这个看起来很纯真的红衣小姑娘这么不老实,你只尝了她一瓣橘子,要你花4大两的代价!

"找她去!"他把橘子装回拎包,朝卖橘子的小街奔去。倒不在乎这4大两,这种缺斤短两的生意手段实在叫人深恶痛绝,他准备好好教训教训她。

这个卖橘小姑娘在哪里呢?范局长有点记不确切了。走近街口那家皮鞋店的时候,有一支很美的歌飘来。这不是吗?是她。红艳艳的衣服,煞似纯真的笑,甜脆脆的叫卖,还有那大箩、小篮、小秤,都唤起他的回忆。

范局长走上前,脸孔一板:"这橘子怎么卖?"

乡里小妹子莞尔一笑:"3元8角一斤,不甜不要钱。"

"你认识我吗?"他问。

她朝范则钢瞄瞄,摇摇头。

范则钢火了:"别装糊涂了,小小年纪,就学会骗!"

她露出被弄懵了的神情:"怎么啦,叔叔?"

"这几只橘子有多少斤两?"范局长敞开他的包,冷冷地问。

乡里小妹子把橘子倒在小竹篮里,一称:"3斤1两。"

他双眉直竖:"那你刚才为什么说是3斤半?足足少了4

大两哪!"

"不会吧?"她眨眨眼,"我、我不会多要顾客的钱的,价格是明讲的呀。"

"你、你……"气怒之下,范则钢反而说不出话来。

路人围观,了解缘由,议论纷纷——

"啧啧,缺了4大两啊,乡里孩子倒来欺骗城里大人。"

"这小妹子模样真水灵,可惜钻到铜钱眼里了。"……

红衣小姑娘的眼睛睁得老大,一味否认:"叔叔,你搞错了,我没有错你斤两。"

范局长严厉地对她说:"我不是为了四大两橘子,而是为了一颗心……"

她的泪水在眼眶里打转:"我没有少你斤两,你如果喜欢吃橘子,我可以送几只给你尝尝。"说着,她竟弓身去箩里掏橘子。

岂有此理。范则钢耐着脾气:"我不要你白送橘子,我只要你承认缺斤短两的错误。"

她咬咬牙,鲜红的唇边,留下一排齿印:"我、我没有错……一定是你弄错了。"她的手松开了,两只硕大的红橘落回箩里。

范则钢一时语塞,没想到这个乡里小妹子会这么刁钻顽固。这当儿,有一个担着空箩的小姑娘挤进人圈。她也穿着红颜色上衣,望着范则钢,脸上泛着羞愧的红晕:"叔叔,刚才你是在我这儿买的橘子,我一时疏忽,忘了扣除篮子的重量,待想起来时,你已走远。"她从箩底拿出两只硕大的红橘,递在范则钢手里,"我想说不定能碰上你,所以我……实在对不起。"

范则钢愣了。细细一鉴,这两个长得很相似的红衣小姑娘,其实脸型、身材都有差异,就连那红颜色的上衣,因质地不同,红得也有深之别。

这下轮到范则钢脸红了。

风波平息,看客走散。那个被范局长错怪了的红衣小姑娘擦干眼泪,又在用甜脆脆的声音叫卖:"叔叔,买橘子吧?我的橘子甜,不甜不要钱。"

"哦,红橘……"范局长深情地叹了一口气。

剪裁青春

竹海深处的灵感

　　陶篾林在江南的竹海深处度过了童年。高考落榜后,他回到山乡管理竹林,挖笋、编篾、制作竹器。一天,他在自家的竹林散步,小狗随从,鸟鸣声声,鸡鸭在林间觅食,几只羔羊也混入其间嬉戏,一片祥瑞景象。突然,他浑身一抖擞,心里掠过一个灵感。

　　他开始用竹篾编制各种飞禽走兽。他自幼喜欢画画,这对他在设计和创意方面的长进大有裨益。经过一段时间的磨砺,他编制的小动物,栩栩如生、色泽鲜艳、玲珑剔透。他知道,这些小玩意虽然精致,但要找到销路,只有走出山乡。他背着各种产品去城里挨门挨户地推销。难哪,一天折腾下来,不过卖出去三五件,收益勉强够吃饭住宿。

　　那天,他到荷市一家外贸公司推销产品。门卫欺他是个陌生的山里人,拒绝他进入;好说歹说、敬烟赔笑,总算让他入内了,可电梯不许他乘。他硬是驮着鼓鼓囊囊大蛇皮袋一楼层、一楼层地登到第10层。

　　第10层办公室里的那几位对业务不甚熟悉、人情世故却老到的漂亮女士，把他好好地奚落了一顿。他还是不卑不亢地耐心介绍他带来的样品。磨蹭时间长了，其中一位面善的女士终于有点心动，说："这样吧，我看你也不容易，我们可以留下一些样品试销，但你得答应一个条件。"

　　陶篾林松了一口气："行，什么条件我都答应。"

　　面善的女士说："也不算苛刻，只要你能模仿这些东西的发声，模仿得好的，留下，模仿得不好的，你拿回去。"

　　"行！"陶篾林兴奋得满面绯红。接下去他用手合成喇叭，表演童年的绝活，还助于肢体语言。

　　"喔喔喔……"公鸡留下了。

　　"嘎嘎嘎，嘎嘎嘎。"小鸭留下了。

　　"啾啾、叽叽，啾啾、叽叽……"小鸟留下了。

　　"汪，汪汪，汪汪汪！"小狗留下了。

　　"咩，咩咩……"小羊留下了。

　　那几位女子也许是太寂寞了，有一个乡下来的大活人学禽兽叫，开心得不得了。

　　他学猪叫时，有位女士摇头："不像，不像。"其他两位女士也表示不满意。

　　"对不起，我再来。"只见他把右手掌捂在嘴上轻轻移动，发出"咕噜、咕噜噜"的声音，面孔憋得通红。担心通不过，他连续叫了三分钟。

　　鸟叫、鸡叫、鸭叫、鹅叫、狗叫。太有趣了，太热闹了。女士们竟鼓起掌来。

他的"作品"终于被留了下来。他走下一环又一环的楼梯时,一股悲凉之气充荡胸腔。等到下得楼来,他竟蹲在这家外贸公司的铁栅栏门旁,呜呜地号啕起来。生活和创业的艰辛以及百般凌辱一起袭来,这个坚强的自尊心颇强的竹乡小伙子再也忍受不住了。"我不是禽兽,我是人……"他在心里喊着,泪如雨下。

富有戏剧性的是,当他留下的玩意儿转到那家外贸公司的头儿那里,却受到了意想不到的青睐。他的努力没有白费。很有头脑的公司老总亲自赶到陶篾林的那个家庭制作工场,向他赔礼道歉,还一口气向他订购了数以千计的各类竹制玩意儿。这扇致富之门,就这样被陶篾林叩开了。

一头储蓄罐大小的竹篾猪,赚来的外汇价值,比一头大肉猪还高。鸡、鸭、鹅、雁、鹰、鸽等微型篾制品的价值,更是比活的禽类翻了好几番。到现在想起来,陶篾林对初遇那几位奚落他的漂亮女士还颇为感激。他走出那扇铁栅栏门后就发誓,要好好努力,不干出个人样、不活得让城里人称羡,决不罢休;二是她们叫他模仿动物的叫嚷,委实给了他很实在、很有用的灵感。在后期开发的产品中,他利用现代科学,把电子技术融进其中,那些个玩意儿真可以借助声波震动,发出惟妙惟肖的声音。这种诸如此类的构想,确实得益于他那次所遭受的怠慢和凌辱。

他捣鼓出来的竹制沙发、椅桌、书架、席子、枕头,已有新潮的时代特征,更为精细,且可以折叠,运输、藏存更为方便。他还花了大半年功夫，研制成功了一种能驱蚊逐蝇的香水竹席，申报了专利，行情看好噢。另外，他也不放弃微利产品，比如笔架、笔筒、杯垫、碗垫、锅垫等。特别是一种可伸拉的抓痒扒和有两个小滚轮、烟斗大小的肌肤按摩棒，尤受顾客欢迎……

数年后，陶篾林不再是土里土气的小篾匠了，而拥有上千万元资金、数百来号职工，知名度颇高的一厂之长了。他的厂子在省城还设有批发销售部和专卖店。

有记者采访他时，他总说那句话："并不是我聪明，也不是我能干，而是竹海给了我灵感，是故乡那些挺拔的竹干，给了我创业的勇气和力量！"

两个锁王

那天晚上,年近七旬的王逸鸣路过老巷口,看见墙角落蹲着一个衣衫不整的大男孩,好奇地问询了几句。可对方死活不回应,他便说:"你再不吭声,我叫警察了。"这一逼,大男孩霍地站起身:"别、别,大爷,我就是累了,在这儿歇一会儿还不成?!"

大男孩站直的身体瘦巴拉叽的,蓬头垢面,高挺的鼻梁上似有伤痕;那双游移不定的眼睛,大大的,却少有神采。

王逸鸣脱口问道:"多大了?"

大男孩咧开嘴,露出一口整齐的白牙:"十七了。"

"家住哪里?"王逸鸣想进一步了解他。

大男孩摇摇头,支吾:"东街,不,苕溪桥洞,不、不,我没有家。"

王逸鸣的问声有了温度:"饿了吧?"

大男孩垂手,犹豫片刻,最后像是下了决心似地点了点头。

王逸鸣把流浪儿带到对街的馄饨店。当流浪儿吃完第三碗大馄饨，才说了声："饱了，谢谢好心的大爷。"

"不用谢，跟我走。"他邀请流浪儿到他家做客。他的寓所就在附近的梅花小区。这段时间，他的老伴去上海儿子家照顾孙儿了，家里只是他一人留守。

大男孩不再犹豫，鼻孔里哼出一个"嗯"字。

洗过澡，流浪儿换干净的衣裳，瞬间有了精气神。他朝主人鞠了一躬："我该走了，谢谢您的款待，我今生难忘。"

王逸鸣急了："别走啊，你还没有说清楚哩。"

流浪儿趑过身："您想知道什么？"

王逸鸣沏了一杯茶，递在他手里："我什么都想知道，比如，你刚才为什么要蹲在巷口，鼻子挨了谁的拳，你的父母呢，等等。"

流浪儿双手捂脸，泪珠从指隙渗出。哽咽。末了，他开口了。

大男孩名叫王百顺。人生和名字大相径庭，百事不顺。父亲是无师自通的修锁匠，母亲在服装厂当缝纫工，日子还凑合。谁料，在小百顺上初一时，修锁匠得了绝症，花光了家里的积蓄，还是去了另个世界。母亲改嫁，继父是个酒鬼，把这对母子当练醉拳的把子。两年后母亲病重去见修锁匠了，小百顺的日子更难捱了。一次，继父酒后无理由地揍了他一顿，他还手，打得他继父哇哇叫，算是替可怜的母亲泄了愤，然后摔门而去，加入了流浪儿的阵垒。受一个外地哥们的影响，他染上了偷盗的恶习。少有截获，缘于良知未泯。刚才,王百顺就是撬锁入室行窃时,被人发现,横冲穷夺才得于逃脱。"

王逸鸣听了这一番倾诉,叹了一口气:"好了,就说这些吧。不过你还是不能走,王百顺,你今晚就宿在我家。"

王百顺瞄了瞄主人:"您不怕家里少了东西,我可是……"

王逸鸣说:"不怕。孩子,大爷知道你的心还热,你还有救。现在我带你去睡觉,一切明天再说。"

当王百顺来到他的临时卧室——宽敞的储藏间,诧异得合不拢嘴。只见那墙上、搁板上、书架里,或悬或置着大小不一的锁具。质地铜、铁、钢、银不等;形式各异,什么心形、长方形、正方形、椭圆形,应有尽有。数以千计,有新货,也有可称得上古董级的。大多是国产品,间隔也有几把洋锁。玻璃柜里那几把"梅花牌"密码锁,是主人前几日新购进的。

客床就安在这些林林种种、闪烁着漂亮而神秘光泽的锁具中间。

"哇,大爷,您有这么多好东西啊,堪称百锁馆!"王百顺被主人的众多藏品惊呆了。他情不自禁地抚摸起这些宝贝,手指微微地颤动。

王逸鸣地默默地打量着大男孩,心里泛起暖暖的涟漪。有种类似收藏家邂逅鉴赏家的相知和冲动。他呀,其实就是本城颇有名气的"锁王",本城锁厂的创办人之一,模具业界的能工巧匠,锁具高级技师。他发明和设计的锁具上百种，且在市场上旺销不衰。赋闲后，他潜心搞锁具收藏，近期则在撰写一部诙谐的锁文化书稿，书名暂定为《锁具是窃贼的朋友》。

在主人凝思之际，大男孩已从自己的脏衣服里掏出几枚小钢片，开始撬锁。他的手灵巧至极，修长的手指蝴蝶般地翻飞，"噗"一声、"噗"一声，那一排小锁顷刻间全被打开。

这个大男孩虽然生活不顺，但撬开这些锁，却极顺，易如反掌。这下轮到王逸鸣惊呆了："怎么回事，你有这种能耐？！"

话说回头。锁具就是王百顺童年的玩具。他的修锁匠父亲没有能耐为他提供什么高档玩具，家里有的是五花八门的新锁、旧锁，这既是他的玩伴，也是启智的钥匙。天长月久，不用钥匙撬开一把锁，便成了他少儿时期的乐趣和幸福的盼头。

只是，当王百顺拿起一把锃亮的梅花锁，拨弄来拨弄去，怎么也开不了。"这个，我还得琢磨、琢磨。"他的大眼睛里游移着一种羞色。

主人的嘴角牵引出一丝笑，心里想：那些A级锁、B级锁自然容易打开，C级锁就不那么容易弄喽。

夜深了，客人在锁具藏品的包围中安然酣睡，可王逸鸣却合不上眼，为大男孩往昔缺少阳光的"流浪"唱叹，为他的"绝技"称奇，更为他的前途焦灼。

王百顺在"锁王"家暂时住了下来。他开始尝试自食其力，先是在附近的长城饭店当洗碗工，后来经王逸鸣力荐，进本城锁厂当上了一名模具工。

不久，王师母从儿子家返回，见家里多了个眉清目秀的大男孩，很是高兴。她和王百顺甚是投缘，一再挽留他做"锁王"家的长期房客。

这是三年以前的事。眼下王百顺在锁厂模具设计室任技师，陆续设计出多种新锁，很快被工友们誉为90后新"锁王"。

悲悯的雨点

初夏的一个晌午。天上飘着云彩，却没有要下雨的意思；太阳时强时弱，天气不冷不热。

"卖雨伞嘞，雨伞便宜卖啰，哪位买一把吧……"她大声么喝着，嗓子都喊得有点疼了。

她在这个街口滞留一个多小时了，未能售出一把雨伞。

她是本城伞厂的青年女工。厂里发不出工资，就用雨伞抵薪水，几个月下来，她就积存了几大箱，足足有200多把。厂里暂时有难处，她能理解，问题是她的公关能力差，又没有什么当官的亲戚，要销掉这批雨伞实在难为她了。她本来是有希望上大学的，家里经济拮据，弟弟读高中，她看着父母忧心忡忡的样子，就放弃高考，直接到伞厂做工。这些年下来，她的收入贴补家用，弟弟也顺便考上省城大学，她甚感欣慰。只是眼下的日子，就犯愁了。

"便宜卖了，10元一把，多好的雨伞……"她继续叫卖，心里默默祈盼：老天爷，快下雨吧，下一点雨吧。嘿，几分钟过后，她的头顶上真的飘洒起雨点来。

淅淅沥沥，淅淅沥沥。她撑起一把浅绿底碎白花的雨伞，叫卖声里添了一种情致。

一把，一把，又一把，一口气卖出20多把。她笑了，与此同时，雨点也休止了。

又一天，她还在这个街口兜销雨伞，依然是多云天气，依然生意清淡。她又在心里祈祷：下一点雨吧，老天爷，就下那么一点点吧。雨真的又洒落下来。

淅淅沥沥，淅淅沥沥。她在短时间内轻松地卖出二三十把。太阳很快露出云层，微风吹拂。这次她没有马上歇摊，坐在人行道那棵广玉兰旁。她有点累了，主要的是这瞬间，她的心里荡漾着幸福的滋味，还有对上苍的感恩。

突然，她的眼睛一亮，街对面那幢楼的阳台上，有一位小伙子依栏朝那棵广玉兰眺望。因为距离远了些，小伙子的面容看不大清楚。她记起来了，前几次她卖伞时，那个小伙子也在阳台上张望，他在欣赏什么呀？她的心里无由头地泛起涟漪。

不久，伞厂的生产经营走出低谷，她也就能安安心心地上班了。

这天，她的情绪很缠绵，同事给她介绍了一位对象。男方的职业不错，在中学当老师。约好在河畔茶室见面。一见面，双方都有种怦然心动的感觉。

过了几天，她受邀去男友家做客。有意思的是，男友的寓所就在街口那幢楼里。她站在阳台上，望得见那棵广玉兰花。她笑着男友问:"以前,你看到过我在那里卖雨伞?"

男友也笑了:"是的,咱俩有缘分呵。"这位中学老师神情腼腆起来,像个孩子似的。

婚后的生活甜滋滋的。一次,她整理杂物,竟在旧木柜里翻出30多把雨伞,都是她那个厂子的产品。她的眼眶盈满了泪水。中学老师向她解释:"你别难过哟,那时我只想帮帮你,就委托我的学生去买你的伞。"

她擦去泪痕:"谢谢你,你真是个好人。"

接着,中学老师把闷在心里好久的疑惑问出口:"悲雨,夏悲雨,谁给你取的名字?"

夏悲雨说:"我爷爷给取的,大人们说,我命中缺水……"

中学老师若有所思地点点头。他的老家在西部一个常年干旱的山村,缺的也是水呀。

翌年暑假,中学老师带着妻子,去老家省亲。他们抵达时,那个山村已有好几个月不下雨了。地里的庄稼大多枯萎了,水渠底朝天,村民们饮水都要从10公里外的溪涧吭取。尽管如此,公公婆婆见到这样水灵灵的江南媳妇,都高兴得合不拢嘴,喜泪哗哗地流淌。

那天,天空碧蓝,没有一丝云彩。夏悲雨独自一人来到山坡上,远眺一望无际裂缝纵横的田地,心情非常沉重。四野里寥无人影,她仰脖大喊:"老天爷,快下雨吧,下一点雨吧。"

刹那间,风起云涌,苍穹顿然阴暗下来。

少息,豆板大的雨点哗啦啦、哗啦啦飘落下来。这场豪雨,一直下了两天两夜方歇。

今生她是一棵树

甄之闲的老宅后院里,有一棵碗口粗的樟树。这棵树有灵性,只要他把手掌合在树干上,树梢的枝叶就会摇曳。这是他在无意中得到的体验,他从不把这秘密示人。他曾试过,是不是这种树类都有这个功能。实践的结果是:除了他家的树,别的同类树都没有如是神奇的反应。他百思不得其解。

时光倒流30年。甄之闲在读小学二年级时,有天在放学的路上捡到一棵尺许高的小树,树身还有擦伤。是别人无意中把它扔在这里,还是园林管理处的卡车掉落下来的,就不清楚了。反正他把这棵小树带回家,小心翼翼地把它种在后院的墙脚下。不久,小树复活了,枝头发青,有新芽萌发,他开心极了,蹦啊,唱啊。以后的日子里,他对这棵树自然倍加呵护。可以这么说,他是和这棵小树一起长大的。

30年一晃,甄之闲已经是个中年男子了。后院的樟树也长得高高大大,树冠呈蘑菇状,漂亮极了。他在市图书馆当管理员，工作一向尽职。不知是什么原因，他的婚恋一直不顺畅，谈了几个对象都未能成功，有一个几乎发展到可以发喜宴帖子的程度，谁料，第二天又黄了。父母双亡后，他就一个人在老宅生活。他除了潜心工作，唯一的安慰，就是这棵树。他时常把手掌合在树干上，树梢就会摇曳生响，似乎在向他聊说家常。由于后院这棵樟树的陪伴，他的单身生活才不致于太寂寞。

这些天，他的心情郁闷得很。因为老宅所处的地段，已被市政列入拆迁范围。按照相关规定，他可以分到同等面积的新宅。这当然是好事啦。问题在于那棵樟树怎样办？他的新宅虽说是底楼，却不再有后院，新宅所处的小区由于景观限制，也无法容纳这棵树。有个在园林管理处供职的老同学知道了甄之闲的苦恼，出了个主意，说："我知道你和这棵树有感情，这样吧，我出面叫花木公司收购这棵树，他们会善待这棵树的，你也能得到一定的补偿。甄君，怎么样？"

"那就拜托了。"甄之闲前思后想，也只好接受这个方案。30年的一棵樟树，换来1万5千块钞票。他拿到这笔钱，看园林工人把树掘起运走时，默默地流泪。

搬了新居的甄之闲，人却没有往日的精神了。他仍在位于人民公园南侧的市图书馆上班，骑了一辆旧永久，必经公园路。来来往往，他脸上的神情总是淡淡漠漠的，看得出，他的心里，还没有脱离失去樟树的悲凉。

半年后，公园路拓宽了，路旁栽了一排排年轻的樟树。他在夜间路过此地，会情不自禁地把手掌合在树干上。当然，不会有哪棵响应他的爱抚。有一次，他在公园路的拐弯口，看到一棵新移植的樟树，很像他孩提时种的那棵树。他用手掌试了一下，嘿，这棵樟树居然向他打起招呼，树梢摇曳，哗哗作响。他兴奋得跳起来，眼眶也湿润了。这意外的发现，使他重新振作精神，他脸上的笑意越来越多，人也变年轻了。

这个夏季，甄之闲照常骑着车在公园路上缓行，上班、下班。路东侧的那片旧宅在一夜之间被夷为平地，要不了多久，一个现代化的商住楼群将在那里现身。工地上的打桩声吭吭不息，好几座高架铁吊塔在忙碌。

这天晌午，当他骑车路过这个地段时，工地那边的一座铁吊塔突然倒塌，那塔梢朝他的方向扑来。他心一愣：这么快就结束啦？！随即连车带人倒在地上。与此同时，"啪"地一声巨响，大铁臂压塌了围墙，压断了围墙外的樟树的大枝丫，携着树身一起压向甄之闲。称奇的是，他正好倒在铁臂和树身的空档里，只是左脚腕被散出的铁片擦了一下，削掉了一小片皮肉。他下意识地将手掌合在树身上，此树的梢头居然摇曳起来。旁人目睹这惊险的一幕，都说，多亏这棵树的抵挡，否则他的命早没了。

他去医院作外科处理返回时，人行道上那棵樟树的断枝仍和暴露根系的树桩相连，似乎在等候他见上最后一面。他向城建部门提出一个要求：他不要什么伤害赔偿金，只要这棵救他命的樟树的树桩和一根枝丫。有关方面自然答应他的要求。

他用枝丫做了支拐杖,出门的时候就带着它。那个树桩,他把它做了一具根雕艺术品,陈列在客厅里。这个状大如电视机的根雕,似龙像凤,姿态万千,叹为观止。

有趣的是,有一天,一个小偷在甄之闲不在家的时候,入室偷盗。小偷得手后,正准备撤退时,被客厅里的树桩吓得瘫倒在地。这个树桩居然像巨蛰一样,活动起来,坚硬的触须抓破了小偷的脸。甄之闲回家后,把无还手之力的小偷撵到附近的警署。

在甄之闲40岁生日的那天,婚介所给他物色了一位单身女性。两人一见面,都有种似曾相识的亲切感。这位相貌清秀的女子在市档案局工作,没有婚史。她的名字叫树芳。

在湖畔茶室约会时,甄之闲问:"您名叫树芳,哪您姓什么?"

她莞尔一笑:"我姓树,名芳,单名。"

他也笑了,笑眼里匿着问:"树,有这样的姓?!我还是第一次听说噢。"

树芳收起笑意,说:"我姓树,不错。甄先生,咱俩初次见面,我没有理由骗您。"

后来,甄之闲和树芳成了伉俪。婚后的生活,很和谐,很甜蜜。

剪裁青春

门　风

　　从公安大学毕业的鲁小铮回到了故乡荷城。家，越来越近了，那栋半旧的青砖小楼，相距咫尺，他的心怦怦跳个厉害。

　　这个壮壮实实的小伙子踏上水泥台阶，抬起头朝上凝望。他那双明亮的眸子，匿有些许忧郁。在离故乡千里之外的京城读书，转眼就毕业了，四个寒暑弹指一挥间，快啊；就业的去向很难抉择呵，主要是此刻尚不明了家长的想法，心里难免有点儿忐忑不安。

　　门启开了。83岁的爷爷闻悉，魏抖抖从自己的单间走出，拥抱了身材比他大一码的孙儿，抖擞出一行热泪："我、我的好孙儿，回来啦？！"

　　鲁小铮挣脱爷爷紧箍的双臂，回应："咳，回来了。爷爷，您的身体还这么健朗，我很高兴。"

　　母亲静静地迎上来，端详着的儿子，静静地问："小铮,想好了吗?究竟去哪个单位?"她先前已接到儿子的电话,因为老伴鲁国越这些天在忙一个专案,好一阵没回家了,没与他商量,也不好给儿子一个明确的态度。

鲁小铮往旧沙发一躺,试探地说:"我、我想去省城的宏达集团公司。那位老总是老爸的老同学,已通过最后一关。月薪4000元。妈您问过老爸了吗?他的意见?"

母亲是市博物馆副馆长,她望着儿子,说:"你别瞒我了,本城的老嵇和我来过好几个电话了,要你的人。他说和你联系过了,让你去他公司任保安处处长。"

鲁小铮并不否认:"有这事。嵇叔叔以前是您的同事,转行做了生意人,很成功的,这不假。您也别小觑您儿子,我在校可是高材生,年年拿一等奖学金。他要我,不完全是看在妈您的面子。要我的单位还有好几个哩……"他一边说,一边打量熟悉而显陌生的客厅。

墙壁上挂着一面面嵌有"五好家庭"、"邻里和睦之家"、"光荣之家"、"文明市民"、"警民和谐"等荣誉的镜框,正堂悬一幅《云淡风清》图,联对是:言正行正保持革命本色,勤政廉政护卫百姓安宁;横批是:云淡风清。这幅水墨画出自作为绘画爱好者的母亲之手笔,联对内容则是他在读高二时,爷爷、父亲和他共同的创意。

冷场片刻后,鲁小铮向母亲披露了另一个就业机会:他还报考了省城公务员,笔试、面试皆通过了,只剩下政审和体检关。

母亲的眼神有点狡黠,笑道:"好啊,政审和体检应该不成问题。省城风景美，要是你真能在那里立足也不错，老爸老妈退休后，可以去风景地逍遥喽。"

儿子问："妈，您似乎赞成我在省城发展，但您好像不喜欢您儿子靠近那些商贾，是吗？"

母亲又笑了："小铮啊，你还不了解你妈？我是一个开明的人，我尊重你的选择。"

晚餐用过了，茶也喝了几茬。爷爷多喝了点酒，先是坐在沙发和孙儿有一句没一句地聊天，后来便打起盹来。

终于，门铃响了，老爸回来了。鲁国越是老公安了，他在市公安局任分管刑侦、经侦的副局长，这段时间一直在忙案子，顾不上儿子就业之事。在家里，鲁小铮最崇敬的人是"老八路"爷爷，最崇拜的人是"老公安"父亲，这么说，他读公安、立志当名出色的公安战士，就是受其父亲的影响。

父亲听了儿子的几个就业意向，拍拍鲁小铮的肩膀，说："好啊，我儿子鲁小铮成了'畅销品'、'抢手货'了，不错，不错。你对自己的未来到底是怎样设计的？"

鲁小铮从父亲的脸上读出一位老公安的愿景，说："老爸，看来，您的儿子在首席富豪那里供职您不乐意，回家乡当公司保安处长，您不满意，去省机关当公务员您也不满意，您究竟要让我干什么？"

鲁国越一时语塞。是呀，儿子长大了，儿子的未来当然该由他自己掌控呵。

老鲁摸出烟来抽，瞅了一眼躺在沙发上打着鼾的老人，说："我对你的希望，就和你爷爷对我的希望一样，做一个真正的人，无论在哪个岗位上。我、我想听听你第四个选择。"

鲁小铮转入正题："老爸，我想去汶川当一名基层片警，那边太需要人了。我有个四川女同学，这次我和她约好一道去，我在荷城只能住两天……"

母亲端了碗汤面从厨房出来，递在老伴手里，偏着头，嗔道："哼，鲁小铮，妈知道你和我打埋伏。去汶川？离江南千里之遥，你舍得爷爷，舍得你爸，舍得你妈？"

鲁小铮迎视母亲温情的目光，点点头，又摇摇头，欲言又止。

父亲用力举起拳，只是轻轻地亲昵地捶击儿子的胸脯。他指了指正堂上的书画，说："好，为了守住老百姓心头的云淡风清，咱们就应该敢于面对险阻艰难，不惧恶浪乱云。你的想法很好，敢想敢为敢承当，这才是男子汉的作派！"

不知什么时候，爷爷醒了，嘀嘀大笑："咱们鲁家的门风，只许增辉，不许抹灰噢。"说着，老人又闭上眼睛，发出沉沉的鼾声。

老人在说梦话？不见得，他平时说话有点障碍呵，怎么在梦里说话会如此流畅？鲁国越父子惊讶极了，会意地相视一笑。

夜深沉。爷爷又从酣睡中醒来，说："好孙儿，越是艰险越往前，爷爷支持你的选择。好门风的家庭多了，特别是为官之家的门风正了，咱们的社会之风气才可能从根本上得到改善和提升。国越，小铮，你们说，是不是这个理儿？"这位离休多年的"老八路"侧了侧身，咳嗽了几声，遂复入梦乡。

母亲拿来一条被单给老人盖上。她转身握紧儿子的手，说："小铮啊，你爷爷说得对。门风有关一家人的名声。人正，才可能使家正、门正。好门风需要几代人的努力践行。要树一家好门风，难哪；可要败掉门风，只需举手之瞬间噢。"

鲁小铮郑重地点点头，他推窗而眺，星稀月明，夜风送爽。

此时，鲁国越因不耐疲惫，伏在桌上睡着了……

系红绸带的奖瓶

闵之君在28岁上,运气像太阳一样升起来了。他撰写的那篇五千余字的哲学论文《金无足赤,人无完人》,获哲学期刊《新论》首届优秀作品奖。

千里迢迢赴京城参加颁奖大会,载誉而归。除了相当数额的奖金和极漂亮的荣誉证书外,他还带回一件极漂亮、极珍贵的奖品——陶瓷花瓶。这尊30厘米高的花瓶,肚大腰细,颈处两个龙头,各衔一只未上釉的本色耳环;全身用似玫瑰、似海棠的花瓣镶成,蓝中带紫的色釉,细润油亮。瓶腰处系着一条大红绸带,这是获奖标记。

他把陶瓷花瓶置在书架的顶端,每天总要用手绢擦拭一次,拨动一下那对本色耳环。他珍视这件奖品,更珍视这突如其来的荣誉。要知道,闵之君近几年来工余时间致力于哲学研究,尝够了冷味,差点被人视为"痴人"。

一天,在广告公司任设计师的老友支礼文前来祝贺:

"恭喜，恭喜，还是老兄行！"

闵之君递茶敬烟："谢谢，谢谢！"

支礼文坐定后把视线凝在系红绸带的花瓶上。"不错，这陶瓷花瓶虽说并非古玩，但也称得上是当代精品。"支礼文赞叹之余，眼睫一眨，"不过，你没有发现这个……"他尖尖的手指停在花瓶衔耳环的龙嘴上。

闵之君上前定睛一看，发觉一耳环的搭头处，有一粒绿豆大小的烧结疙瘩。

这疙瘩一经指出，即刻不堪入眼，闵之君亢奋的情绪里添了些许涩味。

他每天用手绢抚擦花瓶时，总要朝这烧结疙瘩盯上一眼。为之遗憾的心波涌动。摇头，再摇头。唉，这疙瘩简直成了他的心病。

于是在休息天，他用螺丝刀、小榔头，轻轻地一小点、一小点地凿之，终于将那个疙瘩粒子全部凿落。但是那地方尚不平整，他又用小锉刀来回压锉。起伏坑洼处终于平整了，他脸上露出笑意。不过，当他把粘在瓶上的粉末擦去时，眼睛瞪圆了——瓶腰处出现一屡屡细细可鉴的裂缝：扩散性破裂！

那日，支礼文贸然夜访，闵之君提及自己缘于花瓶的懊恼。

支礼文细察，撩手抚摸良久，断言："闵兄，不必担心，这些细纹路不过是表面的釉裂，本体肯定没有破。"

闵之君闻言晃晃头，用圆珠笔杆轻击花瓶，声音清脆；用水灌满，表面不见有渗水现象，这才稍稍放下心。

陶瓷花瓶依然摆在书架上,依然系着大红绸带,但闵之君不敢再作抚擦。只要一撩摸到瓶上那些细裂痕,心里就隐隐作痛。

闵之君脸上获奖归来时的红润业已退隐,更奇怪的是,人一坐下来思绪就乱。两个月过去了,他竟连一个字也写不出来,怅怅然不能终日。他知道自己病了。

一日,闵之君外出回家,发现邻居家的那只黑猫居然依偎在书架上的花瓶旁。他大惊失色,继而用"嘘"声驱逐。黑猫闻声朝窗台蹦去,撞着了花瓶。随着"啪"的一声闷响,花瓶摔成无法计数的碎片。他颓然瘫坐在藤椅上,痛苦地吁出声来:"唉……"

自此,书架上那只系着大红绸带的极漂亮、极珍贵的陶瓷花瓶消失了。

闵之君的心绪逐渐恢复正常,他又伏案疾书。窗前的台灯时常至夜深不熄……

剪裁青春

乡间小裁缝的梦想

（一）

1976年的9月8日，胡犬明出身在安徽望江县赛口镇一家胡姓农户。在村里读完了小学。初中毕业后，家里无力供养他继续上学。15岁的胡犬明，脸相长得俊秀，身子骨不怎么结实。干农活吧，争不了几个钱。镇上有个小有名气的王姓裁缝，手艺儿好，人正直敦厚。这样，胡犬明就成了长他17岁的王师傅的徒弟。

那时，那个地方做裁缝生意，不是顾客拿布料到店里量身定做，而是裁缝师傅挑了工具担到客户家去，给一家子老小量身制衣，有时干半天，在时干数天，按小时计工钱。春夏秋冬，小犬明挑着缝纫担，走遍了田埂泥路，造访千万家。腼腆过，劳神过，辗转难眠过，当然更多的是浅浅的欣慰：师傅管吃管穿，不再让父母为他操心。随着他的手艺长进，随着严厉的师傅对他赞许日渐增多，小犬明的心里有时会掠过希冀的暖浪。只是这希冀究竟是什么，他暂时摸不透说不清。两年多过去了，小犬明又长高了一些，他的弱嫩的肩膀结实得多了，挑起那沉沉的缝纫担不再踉踉跄跄了。与此同时，改革开放的信息像初升的太阳一样新鲜，一个重要的人生转机突然出现了。

来自正值涨潮期的中国童装名镇织里的招工信息，不断撞抵他的耳畔。1994年7月的一天，18岁的乡里小裁缝胡犬明告别双亲，背着缝纫机机头和简单的行李，登上开往浙江省湖州市织里镇的长途汽车。经过10多小时的"热烤"和巅簸，他汗流满面地踏上织里镇这片神奇的热土。

驻足新的人生驿站，首要的事情是先把生活安顿下来。他取出缝纫机机头，在当地配了一副踏脚板，进了一家制衣小作坊打工。机声哒哒，吃穿不愁了。就这样"蜗居"了两年。1996年的8月份，他的成长地平线上出现了曙光：位于旧址东迁、尚在初创时期的今童王公司招收缝纫工。他急急地去应聘。成了，他被公司创办人濮新泉选中了。

（二）

在裁剪车间干了近两年，他的低调干活的韧劲和勤免，还有从他俊朗脸庞透出的灵气，被公司当家人濮新泉捕捉到了。这位从农家院走出来的靠6台缝纫机起家濮新泉董事长，上世纪九十年代初就抓住机会先后注册了"今童王"和

剪裁青春

"芝麻开门"两大童装品牌。这次他的"慧眼"看中了小他一属的安徽小裁缝,为胡犬明成长之蓝图绘上了点睛之笔。也许是缘分,两人同属"龙",1998年的3月间,濮董一句话把他调到公司设计部。起初胡犬明干的是老本行,做样衣,就是把按设计图稿裁剪的碎片,缝纫成样品。当然,这是个精细活,要当成艺术品来制作,样衣的质量直接体现出设计的价值,更重要的是会影响此款能否批量生产、销路和订单。一天天过去了,胡犬明按部就班地出勤,他暂时还感觉不到"伯乐识千里马"的暖至心窝的深意。

有一天,濮新泉来到样衣间察看工作,胡犬明壮胆走近董事长。"我、我能不能也、也搞个设计图,就、就是让我也来弄个童装款式。"也许是这个心愿在脑海里盘旋得太久,当他向濮董说出这个意思的时候有点口吃。濮董微笑着点点头,还用力在他的肩膀上拍了拍:"行啊,怎么不行?!你明天就给我搞出来。"濮董离开样衣间的时候,回头朝他凝视片刻,想说什么,却默默地走了。也许他把这个小裁缝安排到这里做样衣工,就是等他有一天能说出这个念想,无须多嘱咐了。这一晚,胡犬明硬是没合过眼。他在简屋的一张小木桌上,铺开一张白纸,开始涂画起来。他一刻,他想起了少年学艺时启蒙师傅的那慈祥又严厉的脸,想起了挑担进户订制衣裳的男女老幼,想起自己的童年没几件像样的衣服,还想起了别的什么,也许什么都没有想。画了,改了,又涂了。一张纸又一张纸,终于设计出一件夹克衫。

这是小时候飘进他梦里的那种款式。

217

第二天一早，他把图稿呈到濮董的办公桌上，濮董看了一眼满脸倦色的小伙子，低头审视图稿。良久，当家人点点头，又摇摇头，最后蹙起的眉锁松开了："不错的，有个地方还得推敲、推敲。"这个图稿经过几次修改，终于落定。他即刻开始按图制作，棉布面料、藏青拼亮色，给六七岁的孩子穿的一件漂亮的夹克衫。由样衣转升为成批的产品，进了市场。忆想往事，胡犬明满脸舒笑，他说，这是他进公司最开心、最难忘的一件事。自此，胡犬明的主要精力放在设计上，公司放手让他闯，他呢，趁势使劲干。

（三）

　　现在公司的知名度高了，订单来自四面八方。服装业一年是两季，春夏为一季，秋冬为一季。每季要设计人员来出200多个新款。两季共400多个新款，设计量是很大的。设计人员虽然辛苦，但得到的锻炼真是不小。胡犬明和同事们时常切磋业务、交流信息、互补长短、共同成长。现在他的主要工作是部门的管理，对同事们的设计图稿进行审核。行还是不行，哪些细节要调整修改，他的意见是很有分量的。

　　只有初中文化的胡犬明，虽然没啥美术基础、也没接受过专业教育，却不失服装设计方面的灵气和创意。他平时很留意观察，注重从生活中汲取知识和艺术营养。书报中看到好的服装图稿，会久久揣摩；路上遇到着装新潮的儿童，会止步凝视，回家后便拿笔涂鸦存档。2001年后，公司给相关人员配备了电脑。他很快掌握了操作。接下来的一长串日子，他就是在电脑上设计新款，得心应手。前些年公司给10年工龄以上的员工发了一台相机，他在假日里，拍下了生活中一个个新鲜而感人的镜头，为他的设计工作增添了灵动的创意。

如果说，胡犬明少年学艺获取了制衣设计的初级营养，那么在"今童王"这个大家庭里，他得到了更大的成才之磨练和培养，多次参加企业文化培训和专业技能培训，大大提升了走近童装设计师的素养的技能。"我的运气好，我来到了风水宝地织里，成了'今童王'人；遇到了一位好老板还有那么多好同事，在这么好的企业工作，铁石也能变成金子。"他的感恩表达，是从内心深处自然流淌出来的，自己的努力倒忽略不计了。他津津乐道公司推行的"四化"建设：军事化、学校化、家庭化、信念化，说公司众多像自己一样的新织里人在其中受益匪浅。他介绍公司的奋斗宗旨是"……让全世界的儿童度过一个健康、快乐、自信的童年。"说得更多的是，在这个过程中，他和公司的员工们是怎么健康着、快乐着、自信地生活和工作着。濮新泉董事长有句名言："志向是生命的风帆，知识是事业的基础，勤奋是成功的钥匙。"胡犬明的成长之路，多少能引证这句名言的睿智和准确。当然，从另一个层面，他的幸福感诠释了一个朴素的成才道理：实践出真知、出才华；技能也是财富。"梅花香自苦寒来，宝剑锋从磨砺出"的老话，依然闪烁着励志的哲理之光。从这个意义上说，当下众多从职业院校和技术中专出来的学生们，没有理由妄自菲薄，只要信心满怀、技能在手，前途同样光明。

（四）

同公司同车间的一位婵美的姑娘许张云走进了他的视线。她也是安庆老乡、潜山人。她与他同龄，拍拖了两年，"望江"和"潜山"决定联姻。2000年的2月9日，胡犬明和许张云结婚了。今童王公司添了一对同属"龙"的新人，公司为这对员工伉俪安排了二房一厅的夫妻房，不收房租，但收下的是他俩的幸福的笑和更勤免的工作姿态。不久，他的大女儿出世了，时光如水，闺女上完幼儿班，上小学了。与此同时，胡犬明的有关童装新款的构图越来越多，设计起来越来越顺手。2004年6月，他被公司任命为设计中心经理（主管），肩上的担子更重了。目前，他的团队，设计员和样衣工等技术骨干已有二三十人，部下既有实践经验丰富的设计高手，还有好几位是从大学服装专业毕业的。当这些爱好服装设计的前途无量的帅哥靓女们称呼他"胡师傅"的时候，他脸上的神情有几分腼腆，有几分自信，眼睛是亮亮的。这些年，经过他和同事们的巧思异想，无数款新颖的童装图稿送抵生产流水线，幻化成一批又一批的精美产品，飞进寻常百姓家，打扮这美丽的人间，激溅出孩子们阵阵欢声笑浪。

毫无疑问，美丽的江南水乡织里，是胡犬明的新生活

剪裁青春

和事业的发祥地。而"今童王"这个大集体，就是他可爱的家。他常想，过去家里穷自己不能拿上"学历"，现在有条件了，要好好培养两个女儿，争取都能上大学。比较近一点的目标是，在当地买一套住房，让一家子成为真正意义上的织里人；再把父母接过来住上一阵，让他们享享福，领略、领略江南水乡织里的好风光。

声音复仇

鉴克教授在世时，是个知名人士，这是很自然地。他广交朋友，求教于他的人也很多。与此同时，他得罪的人也不少。原因很多，比如他的性格耿直，说话无遮掩；也有的是他看不惯浮躁和喧嚣的时风，对那些喜欢花里胡哨的人，他每每拒之门外，或著文予以抨击。

这样他去世时，他的追悼会就开得有点冷清，甚至连一些平日与他交情笃深的人士，也不露面。他的遗孀和孩子非但没有得到曾受过他恩惠的人的照顾，那些人反而在外面大放绯色流言，诋毁鉴克教授的名誉。他的家人得悉这种世态炎凉的情况，非常气愤，又无可奈何，只能慨叹而已。

一是，鉴克教授16岁的儿子小鉴克在郊外独步。天色已晚，小鉴克迷了路。正当他焦急万分时，被一所别墅里的主人盛情留宿。这位主人名叫朴里，在父亲的追悼会上，小鉴克见到过他。

剪裁青春

朴里先生和颜悦色地向小客人自我介绍，他和鉴克教授虽谈不上是故友，但他十分敬佩鉴克教授的学问和人品。使小鉴克十分惊诧的不尽是主人的殷勤好客，更在于主人说话的声音挺象他的父亲：沉浑、缓急有致，柔中有刚。

于是，小鉴克一有空就到这所别墅来玩，而主人朴里每每热情款待，从未表露过一点点厌烦的神情。小鉴克似乎和朴里很投缘，他之所以一而再，再而三地来到别墅年望朴里，主要是想听听他说话的声音，以缅怀父亲。

一天，小鉴克又莅临这所别墅。朴里先生好象刚出了一趟远差风，尘仆仆的，面容有点倦意。

小鉴克拿出一张纸笺，请朴里全文照读，并解释，这纸笺上的文字，他时常咬音不准，还会读白字，也算是求教吧。

朴里先生有点狡猾的目光瞄了瞄小鉴克，不顾旅途的劳顿，欣然答应了小客人的要求。以后，这类事情重复多次。当然，纸笺上的文字内容有所变化。原来，小鉴克身上带着一架微型录音机，把朴里先生的几次朗读全录了下来。自此，小鉴克就不再来打扰朴里先生了。一天，曾得过鉴克教授资助的董硕儒博士家的电话铃响了。董硕儒提起电话，打来电话的人的声音很清晰地传送过来："喂，你是董硕儒博士吗？还好吧？多时不见了。你好像没有出席我的追悼会，对不对？是不是太忙了？哈哈！……"

董硕儒博士听到这里，吓得丢魂落魄，连连告饶："是您？恩师还活着？这？这……"

就在这个夜晚，地处市中心花园小区的豪华寓所的男主人胡雀副教授,也接到了类此的电话。胡雀副教授手握电话筒,惊恐万状,连连致谦。在梦中,胡雀教授仍惊魂未定,不断重复着:"我不是人,导师原谅我吧,我不是人……"

几乎与胡雀副教授做恶梦的同时,本城一位极有身份、极具魅力、极有财产的丁薇女士的手机响了。这个胆量超人、功夫超人,凭借女人的特殊优势而得于晋升,财产升值,而目的达到后却对悉心扶助过她的鉴克教授恶语中伤的不寻常的女人,听到鉴克教授半夜与她通电话,吓得灵魂出窍,半裸着身子在房间里疯疯颠颠地乱蹿。

这些人物几乎隔三差五地接到这种亡魂电话。直到他们乖乖地去鉴克教授的墓碑前献出迟到的鲜花和花圈,向鉴克教授的遗孀补拍了吊唁礼仪电报,并作了深刻的触及灵魂的书面检讨后,他们的寓所才恢复了往日的安宁。

简单地说吧,这都是16岁的小鉴克的复仇游戏——他用朴里先生的录音带,进行巧妙的剪接,复制成一盒特殊的鉴克教授的讲话录音。——放给那些人物听。当然,这些人物的情况和电话号码,是他从母亲那里旁敲侧击得来的。当小鉴克再次来到朴里先生家,向朴里坦言自己的有点过分的游戏时,满面歉意,再三请求朴里先生原谅。

朴里先生其实早就知道小鉴砍掉动机。讲得确切一点,他和小鉴克的接触完全是他自己的谋略。他是位出色的口技艺术家——在本城很少有人知道人的身份。人在人生潦倒期间,曾得到过语言学家、心理学家鉴克教授的教诲和激励。他还保留了一盒鉴克教授早些年的一场极精彩的学术报告的录音带，是他自己悄悄地剥下的。自从知悉流年小鉴克的苦恼和哀思后，他有意帮助少年走出情感困境。当然他的帮助是很独特的，含而不露的——模仿鉴克教授的声音和小鉴克讲话。他模仿得惟妙惟肖，不愧为口枝大师。自然的，他没有把自己的心路历程告诉小鉴克，他还太小，不能让他的心里蒙上仇恨的阴影，这对他的健康成长有妨碍。

小鉴克完成"声音复仇后，就潜心读书。他以优异的成绩考上了一所国家级名牌大学，攻读心理学。

就在小鉴克读大二的那年，朴里先生踏上异邦之路，去与那里的妻儿团聚，共享天伦之乐。他把自己的乡村别墅赠给了小鉴克，还为他留下了30万元的银行存款，以供他完成学业和鉴克夫人晚年的生活赡养之用度。这是后话。

腼腆者的讲台

"给腼腆者以讲台!"这是心理学教授艾博士的研究课题。按照他的观点,这个研究意义非凡,就像"给饥饿者以面包"、"给孤独者以亲情"、"给夜行者以路灯"一样重要。

这样,滨城就有了一个腼腆者协会。会员都是一些小人物,或口语表达欠佳,或怯场,或特害羞,上不了台面。这些人大多生活在最底层,经济收入低,工作劳动强度大,受人歧视。当然,其中个别人士也有体面的工作,只是在单位里人微言轻,凡事不善于奋争。一句话,都憨厚有余,机巧不够。他们最大的痛苦,莫过于在正式场合,没有表态的份——面红耳赤、言不达意,说了上句忘了下句;如果轮到上台讲几句话,简直要他们的命。

可以想见,腼腆者协会的创始人就是艾博士。艾博士年轻的时候是个口吃者,受过不少委屈,生活坎坷至极,深深同情这些弱者。他的想法是这样的:腼腆者会聚,可以使他们心理上放松，精神上卸除压力。特别是每周都要举办一次"腼腆者演讲"活动，以增强他们遇事不慌、上场不怯的底气，让他们心里想什么就讲什么，横扫卑微的潜意识。进而让他们在社会上尽才、尽力发挥作用，提高个人语言魅力，提升社会影响力。

介绍几位较为典型的腼腆者。小锤是滨城机床厂的助工，未婚，遇到异性就脸红；和女性单独相处，就口吃得厉害，以致谈了12次恋爱都未成功。大开是市园林公司的花匠，有个不错的家庭，妻子貌美贤慧，小女儿活泼可爱。只是不知怎么搞的，他无论在家里，还是在单位里，都以"闷葫芦"的形象示人，不爱说话，小组会他从不启口。虽然他的技艺一流，但一直被技艺三流的同志领导。大替是绸厂的挡车工，已有15年工龄，他工作勤勤恳恳，可是每月拿的奖金总是最少。有人为他打抱不平，叫他去和车间主任、厂长理论，他人是去了，但在头儿面前他每每支吾其词，说不出个所以然来，他的委屈头儿们自然无法知情。还有一些女性腼腆者，她们的表现更为奇特，因为这些事例可能要归纳到所谓的隐私，这里就不作披露了。总之，这些人碰在一起，就像相遇知音，话也多了，心情也放松了。

艾博士先安排他们促膝谈心，然后让他们一个个上台作自我介绍，再后来，他出一个题目，由他们各抒己见，最后，让他们依次作演讲。循序渐进的效果，还真不错哩。

一年后，这些人都经过了一次"脱胎换骨"，旁人不得不对他们刮目相看。特别是在一次"城市环美辩论会"上，以该协会组识的辩论队,与高校学子辩论联队抗衡,以绝对的优势挫败对方。自此,"腼腆者讲台"威名大振,滨城的腼腆者也大大地舒出了一口气。

艾博士甚感欣慰。与此同时,他的新论文《关爱腼腆弱势群体的实践与研究》,也即将完稿。不久,滨城腼腆者协会又吸纳了一批新会员,人数是原有的两倍。

任何事情都有双重性。这段时间,不断有不愉快的信息反馈到他耳朵里:三分之一的首批会员,与配偶的情感出现危机,原因是口角加剧,其中有九位正式办理了离婚手续;有好几位会员在所在单位谋得了科长、主任的职务,口碑却很不好;还有些会员改行当了药品商务代表、寿险营销员、产品直销员、导游,收入颇丰,一个个变得不安份起来,或举止出格,或绯闻连绵,或出言不逊,或趾高气扬。更糟粕的是,协会的公众信箱里,时而有人塞进举报信、控告信,纷纷批评那些早先腼腆、后变成"铁嘴"的人士的丑行劣迹。

艾博士就弄不懂了,难道"腼腆"并非缺陷,倒是一种美德?如果不是这样的话,为什么某些人一旦有了口才,有了辩论的本事,便会张牙舞爪起来?看来,仅仅让"腼腆者"克服腼腆还是不够的,重要的是纯化心灵呀。当今,更为重要的是如何引导人们克服邪念,克服丑陋;至于口语表达问题,恐怕只是次而又次的问题,不是时下"帮扶"的重点。

作了这番痛苦的思考后,艾博士决定撤销"腼腆者讲台",解散腼腆者协会。今后研究些什么呢?他想了半天仍没有结果。

蜡　女

刘至宜在本城的知名度很高。是位多才多艺的青年画家。他还擅长乐器演奏、木刻、雕塑。有兴致时，他还会用白蜡塑造成艺术品，人体、蔬果或者飞鸟走兽什么的。

菲菲出现在刘至宜的工作室里，使这个拥挤而杂乱的小空间即刻明亮起来。

菲菲是个勤快的姑娘，她马不停蹄地给这间20多平方米的平房画室打扫卫生。擦亮每一扇玻璃窗，搬走那堆快餐塑盒之类的垃圾，把各种画架、画框，长度短短地排列整齐。

忙完了那些活，她又挽起衣袖，卷起裤腿，舀水拖地板。她的手臂和小腿肚，白嫩得像刚刚剥开的新鲜荔枝，那丰满的胸脯，那窈窕的腰枝，那玲珑剔透、玉石般的脸庞，简直是一件艺术极品。

"你怎么不说话？"菲菲一边忙乎，一边和蹲在墙角发征的刘至宜搭话。

刘至宜遭遇了一次汲取灵感后的狂喜后，此刻沉浸在一种静怡的神游中。他不时地抽着烟，透过缭绕的青白色烟雾，痴痴地欣赏着他的那件艺术极品——菲菲的一举一动。

他在神圣的艺术力量面前，颤栗着，惊讶万分地捉摸这个不敢相信的事实：菲菲成了他的助手、他的深爱着的恋人，那么善良、纯真、柔媚，那么端庄而圣洁。一定是他孜孜不倦的努力感动了艺术之神，艺术之神才那么慷慨地赐给他一个活灵活现的新新鲜鲜的对他虔诚膜拜的现代新潮安琪儿。

虽然，他心仪菲菲已很久很久，但正式和她交谈，真正感受到有个贴心的助手、真心实意的恋人是那么美好，还只是在今天。

当菲菲把画笔一一清洗干净，聚在一起时，她对画家说："我说刘至宜呀，你能不能少抽点烟？最好能戒掉它。"

刘至宜听后一惊："这，这是为什么？我已经有10多年的烟瘾了。"

菲菲皓齿闪烁："为什么？还不是为了你的身体。你可是很有发展潜力的画家、艺术家噢，没有强健的身体要攀登艺术高峰，难哪！再说你的画室里有那么多价值连城的画作、雕塑和蜡制品，这些可是都是易然物品呵。"

刘至宜扔掉烟蒂，走上前去，紧紧地抱住心上人。而菲菲却把微笑的目光投在他那几个因烟雾熏燎而呈焦黄色的手指。面对如此美丽而纯真的既熟悉又有点生疏的脸庞，他亲吻她的欲望突然骤减："你的心肠真好。要戒烟，难。但我可以争取少抽一点，行不？"

翌日，刘至宜在菲菲的陪同下，走进国际商厦，为她选购了一枚价值2万元的蓝宝石戒指。当晚，他把这枚礼物戴到菲菲那白皙细长的手指上,菲菲红着脸给了他一个深情的吻。

这天,天气晴好。菲菲独自走出门,说是去看望一位小姐妹,一、二小时就能返回。

刘至宜一人在画室里忙碌。他的一幅油画已经完成三分之二——背景的色彩已妥帖,接下去是给在湖畔独步的人物抹油彩了。这是他的又一件得意之作,准备用来参加东亚青年油画家巡回作品展的。他有点累了,就点燃一支烟稍作歇息。当抽了半截烟时,突如其来的艺术激情使他重又操起画笔,另一手便随意地往左侧一甩,整个身心就沉浸于构画之中。

少顷,他感到空气有点呛人。掉头一看,大惊失色:刚才一甩手把烟蒂抛到左侧的纸篓里。起火了。白烟越来越浓,火苗乱蹿,火势已很难遏止了。

他在慌乱中扑火无效,顺手拿着尚未完工的画稿和画板跑出画室。

这时菲菲正好赶到。"你还有那么多艺术品呢?快去报火警!"她边喊边冲进画室。瞬间,菲菲从烟雾里钻了出来,抢出一幅他为她精心描绘的画像和几件木刻原件,又冲进烟雾中。

"菲菲,快出来!"刘至宜在后面追喊。

菲菲又出来了。她的衣饰已零乱不堪,脸上有擦痕和炭污。"别管我!"她放下一双画稿,又朝画室冲去。

消防警察赶来了。几条水龙那么一浇,火势顿然消遁。

"菲菲!菲菲!"刘至宜在烟气消歇的画室里狂喊乱蹿。

不见菲菲的回音。

窗下有一滩白花花的蜡疙瘩,吸引了刘至宜的视线。他蹲下身子、在那滩融化成流水状的白蜡里,发现了一枚蓝宝石戒指。

社会万花筒之中国好故事系列丛书

玩名片

阿雄是果品公司业务科的青年科员。他广交朋友,所以接受名片的机会特多。不出一年,他居然收藏了一大叠名片,均为社会各界人士赠送。

一日,他的小朋友阿里和阿根来访,有幸见识他收藏的名片。由于无聊,三人想搞点有刺激的活动。阿雄建议:"我们来玩名片。"

不出一支烟功夫,就达成了一个胜负、奖罚规则协议。于是就像玩扑克牌似的:洗牌,按顺序分牌,发到每人有18张名片时为止。

每人出示一张名片。

第一回合。阿雄手里的"运输科副科长羊顺发"败给阿里手里的"零售科科长牛涉芳"。阿里当即刮了阿雄一个鼻子。而阿根出示的名片印有"交通局副局长马稳强"字样。很简单,他就"统吃",分别刮了阿里和阿雄一个鼻子。

第二回合。阿雄——美国费城远洋集团公司董事长OK博士；阿里——香港八达房地产股份有限公司总裁亨利博士；阿根——华东C市环球服装公司总经理曹维枢先生。一目了然。阿雄最厉害，其次是阿里，最蹩脚的是阿根。

鼻子是按厉害程度"刮"的。阿雄把阿里、阿根狠狠地"刮"了，接着阿里也毫不客气地把阿根"刮"了。

第三回合。三人亮出的名片都是级别相当的"科长"、"办公室主任"、"协理员"之类的头衔，似乎是平局，但从名片制作的精致程度、是否金边和芳香的浓淡，也决出高低。

第四回合。情况有点复杂。阿雄掼出"C市工商局局长姜志廉"，阿里摔出"C市南园烧鸡店经理毕镇权"，阿根摔出"C市卫生防疫站检验员陈国庆"。

阿雄刚要去刮阿里的鼻子，阿根道："两位有所不知。我大前天亲眼看见姜局长手拎一大包礼品去烧鸡店，朝毕经理作揖，道喜还是贺寿，不得而知。这个现象可见姜局长对毕经理还是礼让三分的。"

阿里此时插嘴："仁兄有所不知。毕镇权经理虽是个百万元户，惧怕的人有之，但他的南园烧鸡店昨日已被查封，听说是违反了'卫生法'什么的。"

阿根跳起来："你们猜猜，毕经理撞在谁的枪口上了？"

阿雄两眼直瞪："你快说！"

阿根一笑："撞在防疫站陈国庆的枪口上了。那天就是他给烧鸡检验出毛病来的。"

　　默然。

　　于是就造成这么一个局面：工商局长>检验员>烧鸡店经理>工商局长……

　　于是三人轮番刮鼻，兴致大增，其乐无穷。